쓰는 사람으로 살고 싶어서

쓰는 사람으로 살고 싶어서

강인성 구 선 김선희
김태곤 박미선 박미정
오정민 유 선 윤을순
이상록 이시원 주미희
최유빈 최은주 홍지원

생각을 담는 집

책을 펴내며

우리는 모두 '쓰고 싶어서' '쓰는 사람'으로 만났다. 내 안에 있는 나를 발견하고 싶은 사람들. 내 안에 꿈틀대고 있는 저 속으로 들어가면 내가 정말 원하는 것이 무엇인지 알 것 같은.

글이란 것이 참 신기해서 쓰다 보면 내가 미처 의식하지 못했던 것들이 불려 나온다. 잊고 있었던 장면이, 목소리가, 풍경이 펼쳐지는 것이다. 그러다 보면 내가 알고 있던 사실이 왜곡된 것도 발견하게 되고, 그때는 이해되지 않았던 일이 비로소 이해되기도 한다.

그뿐 아니다. 나만 아픈 줄 알았는데, 나만 억울한 줄 알았는데 다른 사람의 글을 보면서 나만 그런 게 아니라는 것을 알게 된다.

이곳에 모인 이들은 나와 함께 글쓰기를 통해 만난 이들이다. 한 사람 한 사람 글을 읽으면서 울기도 많이 울고, 웃기도 많이 웃었다. 그러면서 우리는 한 발짝 한 발짝 아직 낯선 길을 향해 조금씩 나아갔다.

저마다 발목을 잡고 앞으로 더 나아가지 못하게 하는 이유를 안고 때때로 멈추기도 한다. 그러다 뭔가 저 깊은 곳에서 나를 흔드는 순간과 맞닥뜨리면 다시 노트북을 켜고 앉아 그것을 찾았다.

쓰지 않으면 견딜 수 없는 순간들. 쓰는 행위를 통해 비로소 바라볼 수 있는 순간들.

쓰기 시작한 사람들은 그것에 이미 중독됐다. 그래서 우리는 쓴다. 식구들의 밥을 하거나, 나가서 돈을 벌거나, 종종대며 하루를 살아가는 내가 아닌, 내 안의 또 나를 보기 위해 우리는 쓴다. 그러는 동안 우리는 '쓰는 사람'이 된다.

'쓰는 삶'이 우리를 어디로 데려다 놓을지 아무도 모른다. 함께 가는 길이지만 저마다의 보폭도 다른 만큼 세월이 지난 후 우리는 서로 낯선 길에 서 있을 것이다. 그러나 그것도 참 좋지 않은가. 10년이나 20년쯤 후 저마다 만든 길을 펼쳐 보이는 자리라니. 이번 책을 엮으며 그 후를 생각하니 절로 웃음이 난다.

엮은이 임후남(시인, 생각을담는집 대표)

| 목차 |

1장 쓰는 사람으로 살고 싶어서

2장 나, 그리고 내 안의 또 나

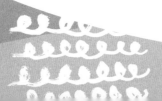

쓰는 사람으로
살고 싶어서

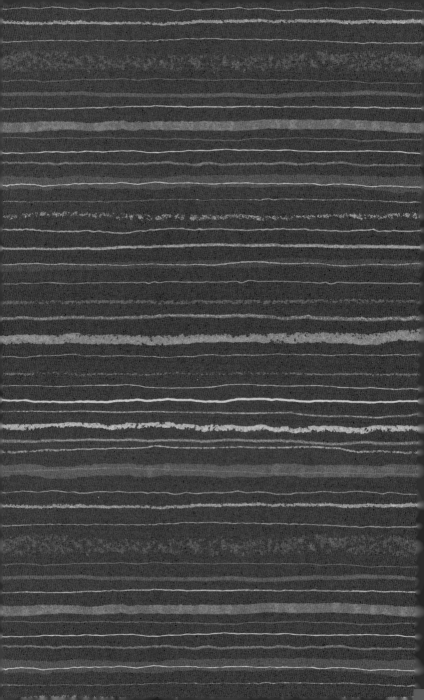

왜 쓰냐면요

강 인 성

적당히 느긋하다가도 글 쓸 때만큼은 진지한
철학하는 사람

무언가를 사거나 모으는 걸 그다지 좋아하지 않는 내가 딱 하나 못 참는 게 있다면 그건 책이다. 그중에서도 제목이 질문으로 되어 있는 책은 언제나 홀린 듯 구매하게 된다. 버트런드 러셀의『철학이란 무엇인가』는 말할 것도 없고 폴 너스의『생명이란 무엇인가』나 장하석이 쓴『물은 H_2O인가』같은 책은 서점에서 발견했을 때 정말 기뻤다. 최근에 산 책은 로레인 데스턴의『도덕을 왜 자연에서 찾는가』인데 평소에 가졌던 질문 그대로가 책 제목인 걸 보고 깜짝 놀라며 구매했다.

도덕을 왜 자연에서 찾는가? 물은 왜 H_2O인가? 생명이란 무엇인가? 그리고 철학이란 무엇인가. 참으로 쓸데없고 피곤한 질문이라는 것을 나도 잘 안다. 답하기도 어려울 뿐더러 답이 없는 질문일 수도 있다는 것 또한 그렇다. 저런 질문 없이도 이 세상 사는 데 전혀 지장이 없다. 오히려 하지 않는 편이 더 잘 사는 방향일 수도 있다. 그럼에도 불구하고 도대체 왜 이런 질문을 하는가? 참으로 답하기 어려운 질문이다.

도대체 이런 질문을 왜 하는가? 나에게 있어 이 질문은 두 가지로 접근 가능하다. 첫 번째는 질문을 인간 전체로 범위를 확장하는 거다. 인간은 왜 철학적 질문을 하는가? 이걸 답하려면 어쩔 수 없이 인류사적 접근 혹은 칸트의 관념론을 끌고 들어와 설명해야 하는데, 아마 그런 답을 듣길 원하는 사람은 흔치 않으리라. 이건 다른 곳에서 다른 방식으로 천천히 답해보고 싶다.

두 번째 접근은 나 개인으로 질문을 축소하는 거다. 도대체 나는 왜 이런 질문을 하는가? 축소되기야 했지만 역시 답하기가 만만치 않다. 결국 이것도 인류사적으로 접근해봐야 할 것 같은데, 내가 저런 질문을 최초로 한 시점으로 돌아가 보는 것이다.

다행히 아주 중요하고 의미 있는 사료가 남아 있다. 내 방 책장을 살펴보면 철학책들 사이에 이상하리만치 작고 낡은 수첩이 하나 있다. 수첩이라고 하기엔 양장으로 된 데다 두껍고 투박하지만.

15살에 산 수첩인데, 커다랗고 고풍스러운 양장 노트를 원하여 고심 끝에 인터넷으로 주문했다. 설레는 마음으로 택배를 뜯었는데 노트가 아닌 수첩이 들어 있어 당황한 기억이 생생하다. 어쩔 수 없이 깨알 같은 글씨로 그곳에 내 생각들을 적어갔다. 한 문장으로 된 짧은 명제도 있고 세 문단으로 된 긴 글도 있다. 어떤 생각이든 편하게 적을 수 있도록 글마다 번호를 매겨 기록했다. 그 역사적인 1번 글은 이러하다.

1. 사람들은 왜 답이 보이는 질문을 할까? - 심심하니까

참으로 어처구니가 없다. 도대체 무슨 생각으로 이런 질문과 답을 쓴 건지 모르겠다. 그러나 이번 기회를 통해 다시 보니, 놀랍게도 이 문장 안에 내가 철학적 질문을 하는 모든 이유가 담겨 있었다. 해석의 여지가 전혀 없는 우스갯

소리로 보이지만 한번 해석해보자.

15살의 나는 사람들이 왜 답이 보이는 질문을 하는지 의문을 가졌다. 그것은 답이 있는 질문에 대한 불만족을 느꼈다는 뜻이다. 답 있는 질문이란 뭘까? 대표적으로 수학이 있겠다. 학창 시절 전체에서 수학 공부가 가장 힘겨웠던 이유가 여기 담겨 있다. 난 수학이 정말 싫었다.

답 있는 질문의 또 다른 의미는 답이 정해진 질문이다. 바로 공교육의 객관식 시험이 그렇다. 전교 10등 내외를 제외하면 아마 거의 모든 학생이 객관식 문제로 이루어진 공교육 시험에 불만을 느꼈으리라. 나는 조금 다른 방향으로 불만을 품었다.

"아니 도대체 왜 답이 정해져 있는 질문을 나에게 하고 그 답을 강요하지?"

그렇다면 나는 어떤 질문을 원했던 걸까. 수첩에 적힌 글을 보면 알 수 있다. 바로 다음 2번 글이다.

2. 만약 (이미 다 밝혀진 사실이지만) 우주가 무한하다면 지구의 대기권 안에 있으나 태양계 밖에 있으나 무슨 차이일까? 무한은 이토록 사람을 무기력하게 만드는 지루한 것임이 틀

림없다.

무한과 경계에 대한 질문이라니. 제논의 역설이 떠오르는 참으로 흥미로운 질문이 아닐 수 없다. 이런 질문도 있다. 19번 글이다.

19. 약육강식과 만물 평등. 도대체 어느 게 맞는 것일까? 예를 들어 아프리카인들은 약하니깐 도와줘야 하는 걸까, 약하니깐 없어져야 하는 걸까?

이번엔 윤리학까지. 위에서 말한 책『도덕을 왜 자연에서 찾는가?』의 핵심 질문을 15살의 내가 이미 한 셈이다. 이 외에도 꽤 흥미로운 질문과 문장들이 많은데, 그중에서도 내가 가장 좋아하는 건 5번 글이다. 한번 보자.

5. 사물에 이름을 붙이는 것은 인간의 관점으로는 사물의 존재를 만드는 것과 같다. 예를 들어, 책상이라는 이름이 붙어지기 전에 책상은 무엇이었나. 나무판자? 그렇다면 나무판자는 나무판자라는 이름이 붙여지기 전에 무엇이었나. 물체? 그

럼 물체란 이름이 붙기 전엔? 없다. 책상은 분명히 존재하지만 존재하지 않는다는 역설이 생긴다.

봐도 봐도 놀라운 글이다. '있음' 자체에 대해 탐구하는 철학을 존재론이라 하는데, 이 글이 바로 그 난해한 '존재론'의 핵심이다. 이 문장을 가장 좋아하는 이유는 분명하다. 철학에서 존재론이 가장 답하기 곤란한 질문을 담고 있기 때문이다.

이로써 나는 15살, 혹은 그 이전부터 아주 피곤한 질문에 관심이 많았다는 걸 사료를 통해 확인했다. 그러나 아직 왜 그런 질문을 하는가에 대한 답이 나오진 않았는데, 사실 그 답이 1번 글에 있다. 심심하니까!

내가 철학적 질문을 심심해서 했듯 사람들도 답 있는 질문을 심심해서 한 거라 생각했다. 그러나 답 있는 질문은 내게 전혀 유희거리가 되지 못했다. 나는 심심해서, 즐겁기 위해 답 없는 질문을 던졌다. 현실 너머 저 먼 곳에 꼭꼭 숨어 있는, 찾을수록 의문 투성 그 질문에 답을 찾아보는 게 즐거웠다. 그래서 했다. 나는 15살에 평생 매달려도 찾을 수 없는 질문을 가졌으니 최고의 유희거리를 찾은 셈이다.

계속해서 답이 없는 질문이라는 말을 했지만 실은 그렇게 생각하지 않는다. 찾기가 조금 어려워서 그렇지 분명히 답은 있다. 내가 좋아하는 러셀의 농담을 통해 말하자면, '철학이란 달이 없는 그믐밤에 연탄 광에 들어간 검은 고양이를 찾는 것' 만큼이나 어렵지만, 고양이는 분명히 거기에 있다. 진정으로 답이 없다고 생각했다면 애초에 즐겁지도 않았으리라.

그 고양이를 찾아 세상에 드러내는 단 하나의 방식이 있다. 글이다. 철학이 질문에 답할 수 있는 유일한 방식이다. 15살의 내가 작은 수첩에 했던 것처럼 글로 써야 한다. 글로 쓰지 않으면 답에 대해 생각해볼 수 없다. 어쩌면 그 수첩에 질문을 적은 순간 평생 글을 쓰며 그 답을 찾아 나설 수밖에 없게 된 건지도 모르겠다.

15살의 내가 쓴 최초의 철학적 글쓰기가 없었다면 지금의 나도 없었을 것이다. 그때의 나를 떠올리며 결심한다. 과거의 내가 이 재밌는 걸 나에게 주었듯, 나도 다른 사람에게 이 재미를 알려주겠다고. 오늘도 책상 앞에 앉아 쓸데없는 질문의 답을 찾아 헤맨다. 쓰지 않으면 답을 찾을 수 없으니까. 쓰지 않으면 이 재밌는 걸 함께 나눌 수 없으니까.

나는 심심해서, 즐겁기 위해 답 없는 질문을
던졌다. 현실 너머 저 먼 곳에 꼭꼭 숨어 있는,
찾을수록 의문 투성 그 질문에 답을 찾아보는 게
즐거웠다. 나는 15살에 평생 매달려도 찾을 수 없는
질문을 가졌으니 최고의
유희거리를 찾은 셈이다.

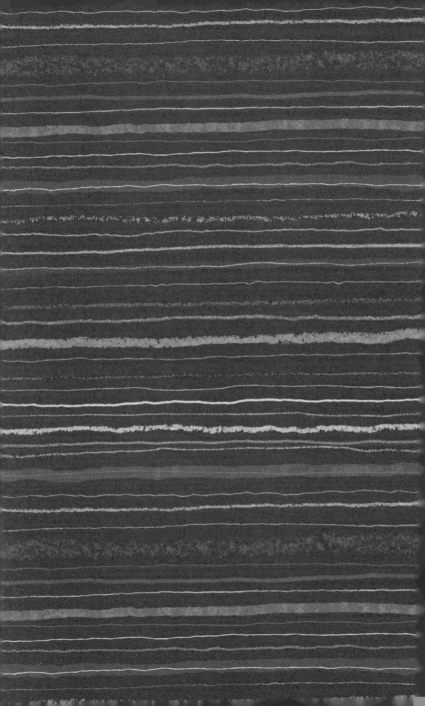

우울증이
나을까요?

구 선

우울증 걸린 정원사

우울증 치료를 시작한 지 2년쯤 되었을 때 의사가 내게 말했다.

"구선 님은 지금도 잘하고 있지만, 이제 우울증과 함께 사는 법을 익히셔야 합니다."

나는 모두 이해하고 있다는 뜻의 미소를 지으며 대답했다.

"알고 있어요. 다음 진료 때 뵈어요."

처음 공황발작으로 치료를 받기 시작할 때는 6개월이면 깨끗하게 나을 줄 알았다. 하지만 치료가 거듭되면서 내 발작의 근원이 그리 간단하지 않다는 사실을 깨달았다. 40

년 이상 지속된 불안한 상황으로부터 도망치기 위해 내가 발작을 선택한 것이 아닌가 하는 생각이 들 정도였다. 차를 타고는 어디도 갈 수 없다는 사실이, 이제 내가 원하지 않는 곳은 어디든 가지 않아도 된다는 좋은 핑계가 되었다. 나는 갑자기 화를 내고 불안해하는 성격을 가진 것이 아니라 약을 먹고 치료를 받는 환자이니까.

지속해서 사람들을 만나야 하는 경우나 식사를 함께해야 하는 상황에서는 내가 우울증으로 인한 공황장애 약을 먹고 있다는 사실을 밝힌다. 갑자기 초조한 모습을 보이거나 정신과 약을 꺼내 먹는 경우 함께 있는 사람들이 불편해하기 때문이다. 내가 언제든 발작을 일으킬 수 있으니 무엇인가를 해줘야 한다는 강박을 갖게 하고 싶지 않다. 고혈압 환자가 혈압약을 먹고, 천식 환자가 흡입기를 사용하고, 당뇨병 환자가 주사기를 꺼내는 것처럼 잠깐 시선을 끌더라도 금방 분위기가 자연스러워질 수 있었으면 하는 바람이 크다.

주위에 우울증으로 약을 먹는다는 사람, 우울증인 것 같다는 사람은 많이 만났지만 우울증이 나았다는 사람은 아직 못 만났다. 완치된 것 같아 약을 끊었다가도 다시 치료를 시작한 사람도 많았다. 혼자서 약을 끊고 더 심한 우울증에 빠진 사람들 이야기도 들었다. 간간이 입원하기도 하고 약이 맞지 않아 괴로워하는 경우도 있었다. 내가 한 번에 맞는 약을 찾은 것은 정말 운이 좋은 일이었다.

우울증은 감기라지만 내가 보기엔 암과 비슷하다. 나아지는 듯하다가 재발한다. 완치판정을 받아도 재발이 두렵다. 긴 투병 기간이 힘이 들지만 신약이나 새로운 치료법이 생기면 상황이 좋아진다. 너무 늦게 발견하면 생명이 위태롭다. 주위에 있는 사람들을 힘들게 한다. 하지만 암 걸린 사람들은 우울증에 걸린 사람들이 듣는, '참아, 다 힘들고 아파'라던가 '네가 노력하지 않아서 낫지 않는 거야'라는 말은 듣지 않는다.

병을 인지한 지는 10년, 치료를 받은 지는 3년이 흘렀다. 나는 아직도 내가 낫기 위해 무엇을 더 할 수 있을지 고민하고 노력한다.

3년 전에는 차 뒷자리에 앉아 있는 것도 힘들었다. 매해 조금씩 시간을 늘려 이제 30분 정도는 혼자 운전할 수 있다. 끝이 보이는 짧은 터널 두 개를 연속으로 지나갈 수 있다. 올해는 혼자 55분 운전하기에 성공했다. 2, 3일 피곤하기는 했지만 뿌듯했다. 일주일에 세 번씩 일하는 조경회사에서 이동 시간이 두 시간 이내의 현장에 갈 때는 꼭 따라간다. 약을 한 알 더 삼키고 뒷자리에서 노이즈캔슬링 헤드폰으로 좋아하는 노래를 들으며 눈을 감으면 바로 잠이 든다.

현장에서는 누구보다 더 그 자리를 즐긴다. 땅을 밟고 땅을 파고 화초를 심고 가지를 자른다. 우울증이 심해져서 밥맛이 떨어지면 '이 기회에 다이어트를 하자'고 생각한다. 폭식이 시작되면 '다 먹으려고 하는 건데'라고 받아들인다.

물론, 피곤해서 몸이 붓고, 손가락이 휘고, 몸무게가 늘어 '얼굴도 까만데 심지어 뚱뚱한 아줌마'라는 소리를 들으면 의욕이 뚝 떨어지기도 한다. 아직도 가끔 온종일 침대에서 나오지 못한다. 비가 내리면 증상이 더 심해진다. 말이 줄고 사람들과 눈을 맞추지 못한다. 하지만 어쩌겠는가. 이게 내 병이고 나는 이 병을 받아들이고 다스리며 살아야 한다.

내가 우울증을 앓고 있다는 사실을 밝힌 후부터 내게 자신이나 그 가족이 가진 증상을 상담하는 경우도 늘었다. 내가 보기에 심각하지 않아 보여도 무조건 의사를 만나라고 권한다. 사람마다 스트레스의 기준이 다르기 때문에 내가 '그 정도는 별 것 아니에요'라고 말할 수는 없다. 내가 직접 도와줄 수는 없지만 말을 들어주고 공감해 주는 것만으로도 위로가 되어 보인다. 그래서 한동안은 상담사 공부를 해볼까도 했었다. 내가 겪는 병이니 더 잘 이해해 줄 수 있지 않을까 생각했다. 하지만 내 증상을 의사에게 상담하는 것만으로도 진이 빠지고 그날 하루는 일상생활이 힘든 것으로 보아 내게 맞는 일은 아닌 것 같다. 책 몇 권 읽으며 혼자 공부를 시작했다가 그 마음을 접었다.

그 대신 다른 방법을 찾았다. 내가 겪는 우울증의 증상, 우울하지만 잘 살아내기 위한 나의 노력을 글로 쓴다. 언젠가 내가 쓴 글을 묶어 책으로 내면 내 마음이 전해지리라 믿는다. 얼굴을 맞대고 상담하는 만큼은 아니어도 나와 같은 병으로 힘든 사람이 또 있구나 전하고 싶다. '밖으로 나가서 햇볕을 쬐세요', '일찍 주무세요', '규칙적인 생활을 하세요'. 의사가 아무리 바른말을 해도 마음 한켠에는 '선생님은 우울증 아니잖아요, 제 마음을 다 이해할 수 없잖아요'라는 미운 생각이 든다. 같은 병을 앓는 사람에게 같은 말을 들을 때 더 공감된다.

언젠가 내가 쓸 책에서 나는 이렇게 말하고 싶다.

약을 잘 먹기로 해요. 아파트를 떠나요. 땅을 밟아요. 햇빛을 두려워하지 말아요. 기미가 잔뜩 낀 얼굴도 아름다워요. 내가 가질 수 없는 것에 대한 욕심을 내려놓아요. 죽음이 두려운 건 아니지만 미워하는 사람 때문에 사랑하는 사람을 슬프게 하지 말아요. 우리 모두 늙어서 죽는 게 어때요? 이 지긋지긋한 병을 즐기면서요.

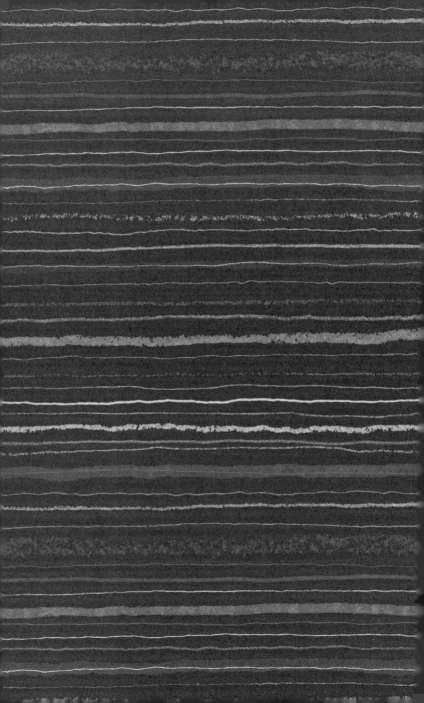

어쩌면 진실은
딱딱함에 있을지도
몰라

김 선 희

재미난 일을 꾸미느라 바쁜 낭만주의자

'자! 이제 써 볼까?'

'신입사원'이 맡은 첫 번째 임무 중 가장 어려운 단계가 시작되었다. 학교폭력 보고서를 쓰는 단계였다. 올해 처음 학교폭력 일을 하게 되었다. 교직 경력으로는 신입사원이 아니지만 새로 맡은 일에 대해서는 아는 것이 없으니 신입사원이나 마찬가지였다.

며칠째 200페이지쯤 되는 업무 처리 메뉴얼 책자 2권이 내 책상에 펼쳐져 있었다. 여기저기 형광펜으로 줄도 긋고 자주 보는 페이지에는 포스트잇도 붙여놨다.

신고를 당한 학생이 자신도 피해자라며 상대 학생을 또

신고하는 바람에 2건의 사건을 동시에 처리해야 했다.

신고가 들어오면 작성해야 할 서류가 한두 가지가 아니다. 신입사원인지라 서류 이름도 헷갈려서 두서너 번 확인해야 했다. 어떤 서류부터 결재를 받아야 하는지 어떤 서류를 교육청에 보내야 하는지도 헷갈려서 형광펜으로 밑줄 친 부분을 읽고 또 읽었다.

그래도 한두 장짜리 서류는 양반이었다. 이날은 제일 어려운 보고서를 쓰는 날이었다. 보고서는 학생과 보호자가 직접 써서 낸 의견서와 학생을 면담한 기록을 바탕으로 쓴다.

내 책상에는 양쪽에서 받은 서류들이 각각 한 무더기씩 자리를 잡았다. 모두 30장이 넘었다. 시간 순서로 피해자가 입은 피해를 최종적으로 정리해야 했다. 보호자가 낸 의견서에는 사실과 억울한 심정이 뒤섞여 있어서 심정들 사이에서 사실들만 골라내야 했다. 빠진 사항은 없는지 의견서를 여러 번 읽으며 확인했다.

서로 신고한 경우라 이쪽 보고서에서는 가해자라고 했던 학생을 저쪽에서는 피해자라고 해야 하니 이 또한 아주 헷갈렸다.

시작할 때는 언제 정리하나 막막했는데 하다 보니 같은 사건을 두고 이렇게 다른 기억을 할 수 있구나 놀라웠다. 게다가 내 아이도 이런 일을 당한다면 나도 가슴이 철렁하고 힘들겠구나 싶었다. 키보드를 치다가 창밖을 바라보며 아이를 키운다는 게 뭔지, 아이들에게 친구라는 게 뭔지 멍하니 생각 속으로 빠져들기도 했다. 아이로 살기도, 부모로 살기도 참 힘들구나.

혼자 감상에 젖었다가 다시 모니터를 똑바로 보고 내가 해야 할 일을 계속했다. 피해자가 억울함이 없게 그들이 당한 일을 정확하게 정리해야 했다. 한번은 이쪽 학생이 되어 다음은 저쪽 학생이 되어 보고서를 써 내려갔다.

보고서를 다시 읽으며 고쳐 쓸 때가 되니 이제는 오히려 개운했다. 반복되는 말을 빼고 이해가 안 가는 문장들을 바꿔 썼다. 마치 오랜만에 양말 서랍을 뒤집어 목이 늘어난 양말은 버리고 짝을 잃고 혼자 돌아다니는 양말은 짝을 찾아 가지런히 정리하는 그런 기분이었다.

드디어 '위원님들' 앞에서 조사한 내용을 보고하는 날이 왔다. 내가 쓴 보고서를 바탕으로 위원들은 사건을 교육청으로 보낼지 결정한다. 심각한 사안이라고 여겨지면 교육청으로 보내지만 그렇지 않으면 학교장 해결로 결정한다.

나는 시간 순서에 따라 최대한 객관적으로 사건을 설명했다. 보고를 다 들은 한 위원이 미소를 지으며 말했다.

"이런 것도 학교폭력인가요?"

신입사원인 나는 움찔했다. 너무 진지하게 보고했나?

아무튼 두 사건은 모두 학교장 해결로 결정되었다. 그러나 나는 몇 가지 뒤처리를 더 해야 했다. 먼저 양쪽 모두에게 결과를 알리고 결과에 동의할 것인지 아닌지를 서류로 받아야 했다.

다음날 한쪽의 보호자가 학교에 왔다. 교실에서 이후 절차를 설명하는데 전화벨이 울렸다. 다른 쪽 보호자였다. 보호자를 옆에 두고 통화하기가 곤란하여 밖에 나가 통화를 마저 했다. 문을 열고 들어오니 그의 축 처진 뒷모습이 눈에 들어왔다. 잘 생각해보고 동의 여부를 서류로 제출해 달라고 안내하고 보냈다.

다음날 전날 학교에 왔던 보호자로부터 서류가 든 봉투가 도착했다. 내심 궁금하던 참이라 급하게 봉투를 열어 내용물을 꺼냈다. 그런데 서류가 아닌 메모지가 먼저 나왔다.

'먼저 죄송하다는 말씀드립니다. 어제 선생님께서 나가

시고 우연히 선생님 책상에 있는 저희 아이 사건 보고서를 봤어요.'

아이고! 신입사원이 어째 사고를 안 친다 했다. 내용을 잘못 쓴 것 아니야? 하여간 보호자가 방문한다고 했으면 미리미리 책상을 정리했어야지. 이거 큰일 났다! 가슴이 두근거리고 얼굴에서 열이 나기 시작했는데 담담하게 쓴 다음 문장에서 모든 생각이 딱 멈췄다.

'비록 원하는 결과는 아니지만 공감하고 위로해주셔서 감사합니다. 수고하셨어요.'

시간 순서로 사실만 적혀 있는 보고서 어디에 공감과 위로가 있었던 것일까? 보고서를 읽으며 위원들처럼 제3의 눈으로 자기 아이가 겪은 일들을 볼 수 있었던 것일까? 그래서 폭력이라기보다는 살면서 한 번쯤 부딪힐 수 있는 아이들의 미숙한 인간관계였음을 알아차렸던 것일까?

알 수 없다. 나도 보고서를 쓰기 시작했을 때에는 진실을 찾을 수 있을 거라 기대했지만 다 쓰고 나니 진실은 미궁으로 사라지고 안타까움만 남았을 뿐이니까. 사무적으로 딱딱한 글을 쓰면서도 안타까웠다니 그 또한 신기한 일이었다.

두 해 정도 글쓰기를 취미로 배우면서 책을 낼 것도 아닌데 왜 나는 열심히 글을 쓰고 있는가 싶을 때가 있었다. 한 문장 한 문장 거짓은 없는지 따져보며 고민을 했다. 누가 알아주는 것도 아니고 당장 뭐가 생기는 것도 아닌데 말이다.

이번에 써야 했던 보고서는 그동안 내가 썼던 에세이와는 결이 달랐다. 하지만 글쓰기를 배우며 글에 대해 고민했던 시간 덕분에 이번 일을 잘 넘길 수 있던 것 같다. 게다가 다른 새로운 일도 해낼 수 있을 것 같은 나에 대한 믿음도 덩달아 생겼다.

비록 해서는 안 되는 실수를 한 번 하기는 했지만 신입사원이 이 정도면 뭐 괜찮게 일한 것 아닌가?

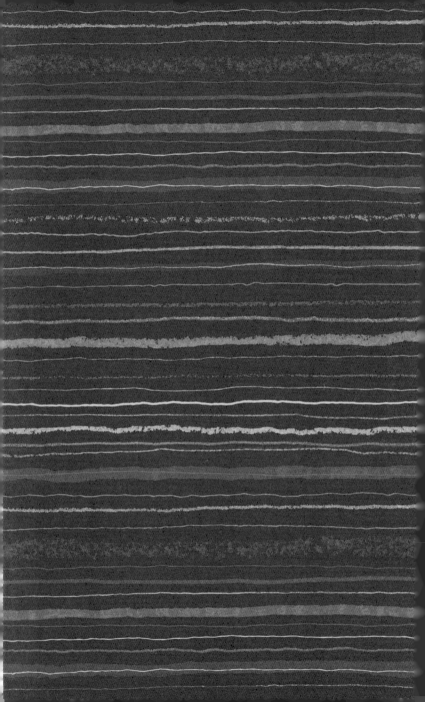

나의 기억을
남기는 일,
글쓰기

김 태 곤

삶의 가치를 탐구하는 행동가

일 년 전쯤, 여자친구와 데이트하다 시골에 있는 한 책방에 들어가게 됐다. 그곳에선 에세이 수업을 하고 있었는데, 글쓰기 수업을 받아본 적 없던 우리는 그 수업이 궁금했다. 우리는 함께 수업을 받기 시작했고 난 속으로 자신 있었다. 내가 경험한 것들은 특별하므로 누구보다 재미있는 글을 쓸 수 있을 것이라 생각했다.

처음 쓴 글은 '항해'였다. 내가 '항해'라는 제목을 얘기하자 같이 수업 듣던 사람들의 눈이 동그랗게 커졌다. 다들 기대에 찬 눈빛으로 내 글에 귀를 기울였다. 하지만 나의 글은 내가 경험하고 느꼈던 것들이 잘 드러나지 않았다.

다들 실망한 표정이었다. 선생님께선 많은 부분을 수정하고 다시 써오라 했다. 그 후에도 나아지질 않았다. 같이 수업받는 사람들의 글을 읽을 때면 나는 좌절했다. 내가 잘할 수 없다는 걸 깨달았다.

그래도 상관이 없었다. 나는 꾸준히 썼다. 에세이를 여러 편 쓰면서 나는 나를 돌아보게 됐다. 내가 살아가고 있는 이유나 내가 지금 무엇을 생각하고 살아가는지. 글을 쓰면 복잡한 머릿속이 정리되는 기분이 들었다.

글쓰기를 하면서 나 자신이 발전한다는 걸 깨닫게 됐다. 이건 무조건 해야 한다는 게 본능적으로 느껴졌다. 또 같이 수업을 듣는 여자친구 글을 읽을 때마다 내가 아는 사람이 맞나 싶은 정도로 대화를 하는 것과 글은 완전 다른 느낌이었다. 그녀의 생각과 마음을 더 깊이 알게 되었다.

결국 글쓰기는 우리 둘 사이를 더욱 가깝게 만들어 주고, 서로를 훨씬 많이 이해할 수 있게 했다. 그래서 결혼까지 할 수 있었던 것 같다.

나는 왜 글을 쓸까. 글쓰기는 나에게 무엇인가 생각했다. 그러자 기억과 죽음이란 단어기 띠올랐다. 죽기 전에 자기의 기억을 남기기 위해 글을 쓰는 것이 아닐까 생각이 들었다.

나는 여러 차례 항해 경험이 있다. 내가 처음 글을 쓴 것도 바로 항해 이야기였다. 여러 번 배를 탔지만 가장 기억에 남는 배는 '챔피언'이다. 길이는 11m, 선실과 주방, 화장실이 한 개씩 있는 단순하게 만들어진 배였다. 홋카이도에서 부산까지 배를 이동하기 위해 항해하는 것이었는데, 나를 비롯한 4명이 함께했다. 그중 한 명은 배를 처음 타는 사람이었다. 그 한 명을 제외한 세 명이 열흘 동안 교대로 운전해서 부산항에 도착했다.

집채만 한 파도가 덮칠 때는 마치 시소를 탄 듯 배가 위아래로 흔들렸다. 시커먼 바다 위에서 비바람이 몰아치고 큰 파도가 금방이라도 배를 삼킬 것 같은 날이 온종일 지속된 날도 있었다. 빗소리인지 파도 소리인지 구분조차 되지 않은 그 상황에서는 사실 아무 생각도 나지 않았다. 내 차례가 되었을 때는 운전대를 꼭 붙잡고 파도가 지나가길 바랐고, 다른 사람에게 운전대를 넘겨주고 나서는 피곤에 지쳐 쓰러져 잠들었다.

그런데 그다음 날, 언제 그랬냐 싶을 정도로 바다가 장판같이 매끄러운 것을 발견한 순간에는 나도 모르게 탄성이 나왔다. 잔잔한 호수를 가로질러 가는 느낌이 들었다. 특히

밤하늘은 그야말로 별들이 노래하고 춤을 추는 것같이 반짝반짝 빛났다. 바다도 하늘이 부러운 듯 별들을 빨아들여 바닷속에서도 별들이 춤을 췄다. 덩실덩실, 반짝반짝.

그러다 보면 어느새 내 입에서도 흥얼흥얼 절로 노래가 나오고 어깨가 들썩거렸다. 하늘과 바다, 그리고 별과 내가 밤새 파티를 즐기며 무아지경에 빠진 것이었다. 그러다 보면 별들은 하나둘씩 집에 가고 서서히 동이 텄다.

나의 글쓰기는 이런 추억을 기억해주는 도구다. 화가가 그림을 그리듯, 댄서가 음악에 맞춰 춤을 추듯이 말이다. 글을 통해 내 삶의 수많은 순간을 담아내고 싶다. 바람이 불면 분다고, 슬프면 슬프다고, 웃음이 나면 웃음이 난다고 말이다.

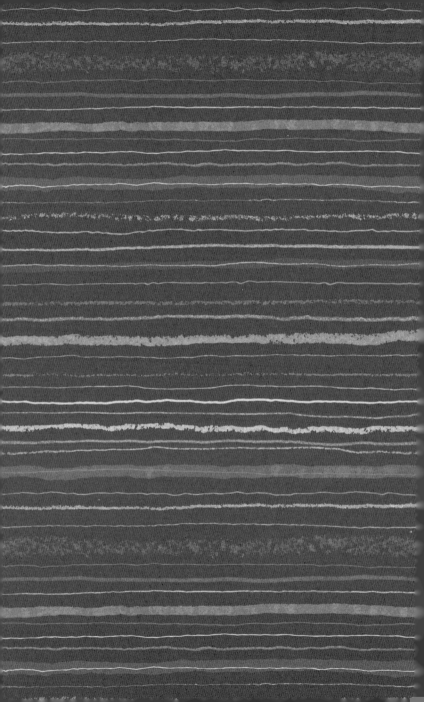

발리가 준
또 다른 기회

박 미 선

매 순간 발리의 파도와 태양 그리고 쌍무지개를
다시 만날 날을 꿈꾸는 자유로운 영혼

'쓰는 사람으로 살고 싶어서'. 이 제목은 나를 적잖이 흔들었다. 아니, 혼란스러웠다. '참가할 것인가? 말 것인가?' 하는 물음 대신 '내가 과연 참가해도 될까?' 하는 진지한 질문을 던지게 했다. 아마도 한동안 전혀 쓰지 않고 지내왔기 때문이리라.

그렇다. 나는 당시 현재형으로 '쓰는 사람'이 아니었다. 한때 나는 글쓰기를 매일 하는 운동처럼 하겠다고 다짐했었다. 그러나 나 스스로와 한 약속조차 지키지 못하고 있는데 쓰는 사람으로 살고 싶어서라니.

틈틈이 글을 썼지만, 한동안 나는 과중한 업무와 스트레스, 거기에 인간관계까지 힘들어지면서 글을 놓았다. 글뿐만 아니라 몸과 마음이 극도로 지쳐 모든 것을 놓아버리고 싶었다. 나는 알고 있었다. 그런 때일수록 글을 써야 한다고. 머리로는 알고 있었으나 쓸 수 없었고 쓰기 싫었다. 이전에 글 속에서 내가 했던(운동처럼 매일 쓰겠다던) 다짐조차 부질없어 보였다.

현재 '쓰는 사람'이 아니라면 앞으로 '나는 과연 쓰는 사람으로 살고 싶은가?'. 나는 자문했다. 스스로 명확한 답을 듣고 싶었지만 바로 답이 나오지 않았다. 게다가 나는 다니던 직장을 그만둔 채 한 달 동안 발리로 여행 계획을 짜고 있던 참이었다. 나는 나를 알 수 없었다.

글쓰기 선생님께 내가 처한 특별한 상황을 문자로 보냈다. 그러자 선생님은 발리에 가서라도 원고를 써서 보내라고 했다. 나는 여러 가지 생각이 들었다. 오랜만에 해야 하는 글쓰기가 분명 부담스러웠다. 그럼에도 한편으로는 안도감이 들었다.

'내가 쓰고 싶었구나.'

아무 잘못도 없는 글쓰기에 무작정 마음을 닫아온 나에게 온 기회인 것 같았다.

다시 선생님께 메시지를 보냈다.

'선생님. 최근까지 전혀 쓰지 않았기에 고민이 많았어요. 하지만 '다시 쓰는 사람'에 도전하고 싶어요!'

지금 나는 발리의 한 호텔에서 노트북을 마주하고 있다. 발리에 온 지 8일째부터 저녁마다 노트북을 켠 채 자판을 두드리고 있다. 인접한 꾸따 해변의 파도 소리가 잔잔한 배경음악이 되어주고 아주 가끔 꽝꽝, 터지는 폭죽 소리가 졸음을 깨워준다. 거의 매일 새벽 6시와 오후 1시, 각각 두 시간씩 하루 두 번의 서핑 강습이 있기에 낮 동안에는 글 쓸 시간이 없다.

글을 쓰기로 작정한 며칠 전부터 저녁 식사는 호텔 안에서 해결하기 시작했다. 호텔 음식은 내 입맛에 맞지 않아 나는 조금 멀리 떨어진 맛집을 찾아가곤 했었다. 그러나 글을 쓰는 동안 10분 거리의 단골 브런치 카페에서 미리 포장해온 음식을 저녁에 먹는다.

저녁을 먹은 직후 노트북을 켜면 졸음과 함께 온갖 통증이 몰려온다. 서핑하면서 양발과 정강이 여기저기가 까지고 허벅지에 멍이 들었기 때문이다. 양쪽 발에는 두어 군데 상처가 깊은데, 아무리 소독하고 방수 반창고를 붙여도 나을 기미가 없다. 그나마 챙겨온 항생제를 먹어가며 2차 감염을 예방하는 중이다.

설상가상으로 어제는 보드에 정수리를 맞았고 오늘 오후엔 보드가 왼쪽 갈비뼈를 강타했다. 크고 거친 파도 앞에서 무거운 보드를 적절히 컨트롤하지 못했기 때문이다. 다행히 넉넉하게 챙겨온 진통제 덕분에 아직은 노트북을 켜고 자판을 두드릴 수 있다.

여럿이 책을 낸다는 공지를 처음 봤을 때만 해도 목전에 둔 발리 여행이 불참의 핑곗거리가 될 수 있을까, 동참한다면 서핑 혹은 여행의 자유로움을 방해하지는 않을까, 하는 생각을 잠시 했었다. 그러나 그런 편협하고 비겁한 생각은 나답지 않아 보였다.

물론 발리에 온 첫 번째 목적이 서핑이기에 갑자기 글쓰기까지 해야 하는 것에 대한 부담이 있었다. 그렇지만 나는 발리에서 많은 것으로부터 자유롭지 않은가. 나를 위한 식사나 도시락을 챙기지 않아도 되니 장보기나 설거지를 할 필요가 없다. 또 적어도 한 주에 한 번은 해야 했던 대청소도 발리에선 할 필요가 없다. 매일 아침 서둘러 운전해서 출근하지 않아도 되고 환자와 그 밖에 업무와 관련된 인간

관계 때문에 씨름하지 않아도 된다. 적어도 한 달간은 이전 일상의 의무에서 벗어날 수 있다.

발리에서 다시 글을 쓰게 되다니! 갑자기 이 순간이 기적처럼 느껴졌다. 지금 내가 발리에 있기에 이렇게 여유롭게 노트북 앞에서 자판을 두드릴 수 있는 게 아닐까 하는 생각이 들었다. 나는 다시 '쓰는 사람'이 되어 나의 과거와 현재 그리고 미래를 풀어내는 기회를 마주한 것이다.

오랜만에 다시 쓸 기회와 용기를 준 사람은 글쓰기 선생님이었다. 발리는 그 기회를 내 것으로 만드는 여건을 제공한 셈이다. 즉 발리는 내게 좋은 파도에서 서핑을 배울 기회뿐만 아니라 내가 다시 '쓰는 사람'으로 거듭날 기회를 준 것이다. 그런 의미에서 발리에서의 글쓰기는 발리 파도와 발리에서의 서핑만큼, 어쩌면 그 이상 내게 특별한 기억으로 남을 것이다.

오랜만에 해야 하는 글쓰기가 부담스러웠다.

그럼에도 한편으로는 안도감이 들었다.

'내가 쓰고 싶었구나.'

아무 잘못도 없는 글쓰기에 무작정 마음을 닫아온

나에게 온 기회인 것 같았다.

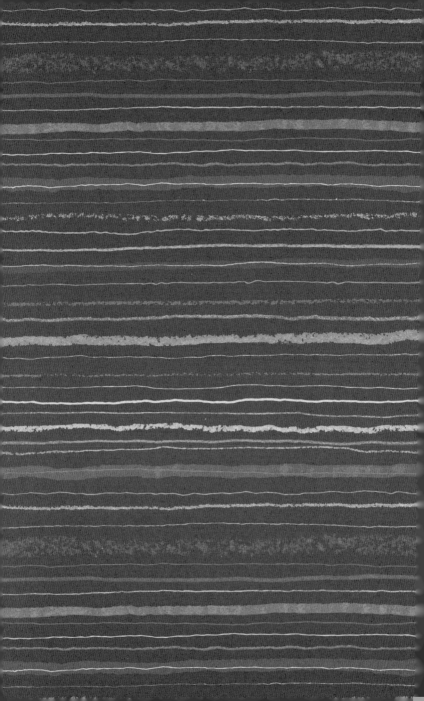

숨은 생각 찾기

박 미 정

숫자의 바다에서 글을 짓는 임팔라

기억 속에 남아 있는 나의 첫 글은 각본이었다. 아홉 살 즈음이었다. '네로 25시'라는 코미디 프로그램을 한참 재미있게 보고 있었다. '내가 한번 써볼까?' 즉흥적으로 각본을 쓰기 시작했다. 경기도에서 사과 농사를 하시는 부모님과 떨어져 대구에서 할머니와 살고 있을 때였다. 따로 용돈을 받지도 않았고 셋째 손녀까지 살뜰하게 챙겨줄 정도로 할머니가 다정하지는 않았기 때문에 나에게는 별다른 장난감이 없었다. 즉흥적으로 시작된 각본 쓰기는 생각보다 재미있는 놀이가 되어주었다.

중학교 2학년 때 경북 청소년 환경동아리에 가입했다.

환경운동가였던 과학 선생님이 소개해 준 동아리였다. 선생님은 수업시간 틈틈이 환경보호와 관련된 이야기를 들려주었다. 선생님의 이야기를 들으면서 어린 마음에 정의감 비슷한 것이 생겼던 것 같다.

동아리에서 우리는 각종 캠페인, 강의, 콘서트 등 환경보호 활동과 함께 정기적으로 매월 한 권의 '쪽지'도 발행했다.

'쪽지'는 A4 절반 정도의 크기에 40페이지 분량의 작은 잡지였는데 환경과 관련된 각종 뉴스, 정보들, 청소년들의 시나 에세이로 구성되었다. 가끔 쪽지에 내 글이 실리기를 바라면서 시를 써냈다. 제출한 모든 시가 선택되지는 않았지만 꽤 여러 번 실렸다.

『어린 왕자』에 나오는 '가로등지기'를 주인공으로 쓴 시는 아직도 기억이 난다. '가로등지기'는 매일 가로등을 켜고 끄면서 지구를 지켜보게 된다. 그리고 자기가 사는 별보다 훨씬 크고 아름다운 지구를 동경한다. 그런데 막상 지구 별 사람들은 그 소중함을 모르고 지구를 함부로 대하는 것에 안타까워하는 내용이었다.

각본을 쓸 때나 시를 쓸 때 신기했던 깃은, 평소에는 전혀 인지하지 못했던 생각들이 글을 쓰면서 떠오른다는 것이었다. '네로 25시'가 이런 이야기가 된다니. '가로등지기'를 주제로 시를 쓸 생각을 하다니.

글을 잘 쓰고 못 쓰고는 문제가 아니었다. 머리를 감싸고 있는 단단한 껍질에 갇혀 미처 존재하는지도 몰랐던 생각들이 글을 쓸 때마다 조금씩 비집고 나와서 나를 놀라게 했다. 글을 쓰면서, 내가 쓴 글을 읽으면서 미처 몰랐던 내 머릿속의 내 생각들을 발견했다.

고등학교 2학년 때 교내 신문부 부장을 맡았었다. 가끔 글을 직접 쓰기도 했지만 주로 부원들이 써온 기사들을 검수하고 편집하는 역할을 했다. 직접 쓰기만 하다가 남의 글을 읽어보는 것은, 더군다나 신문에 싣기 위해 평가하는 입장에서 읽어보는 것은 또 다른 경험이었다. 글을 쓸 때는 나의 입장이었는데 신문에 실을 부원들의 기사를 읽을 때는 신문을 발행하게 되면 읽게 될 불특정 독자의 입장이 되어야 했다. 오타를 찾아내고 어떤 단어를 쓰는 것이 더 적절한지, 독자들이 이해할 수 있는 표현인지 혹은 오해를 불러일으키는 내용은 없는지 살폈다.

지금은 회사에서 보고서를 쓴다. 보고서 작성자의 의도에 맞게 정보를 전달하고 의사결정이 될 수 있도록 문구나 데이터를 구성하는 것이 포인트이다. 어떤 사안이 더 혹은 덜 부각하도록 머릿속에서 엄청난 계산을 한다. 나의 의도와 조직책임자의 의도가 상충되면 보고서 작성은 아주 힘든 작업이 되어버린다.

2년 전부터 나는 또 다른 글쓰기를 하고 있다. 업무용 글쓰기와는 아주 다른 차원의 영역이다. 그때 나는 잠시 휴직을 하면서 어느 시골 책방에서 운영하는 독서 모임에 가입했었다. 독서 모임 회원 몇은 같은 책방에서 운영하는 에세이 수업을 겸하고 있었다.

독서도 힘든데 글을 직접 쓴다고? 일주일에 하나씩? 처음에는 엄두도 나지 않았다. 그러다가 복직 날짜가 다가오면서 생각이 바뀌었다. 내가 다니던 책방의 독서모임은 월요일 오전에만 진행되는 것이라 휴직이 끝나면 참석할 수가 없었다. 하지만 에세이는 저녁에도 수업이 있어서 복직 후에도 계속할 수 있었다. '독서모임 대신 에세이 수업을 들어보자.' 그렇게 에세이 수업에 등록했다.

첫 과제는 하루의 일상을 감정 없이 기술해내는 것이었다. 보고서를 많이 써 봐서인지, 평소에 감정 표현을 잘 하지 않는 덕분인지 수월하게 통과했다. 그다음부터는 자유

주제였다.

에세이를 쓸 때 가장 어려운 것은 주제를 정하는 일이었다. 겨우 주제를 생각해서 글을 쓰다가도 의도대로 쓰이지 않아서 처음부터 다시 쓸 때도 있었고 주제를 아예 바꿔야 하는 경우도 있었다. 반대로 시작할 때는 생각지 못했던 것들이 글을 쓰면서 떠올려지고 보태지면서 글이 풍성해지기도 했다.

어렸을 때 살았던 집에 널려 있던 메주, 부모님과 떨어져 살게 된 그날 저녁, 유치원에 간 첫날 아이들 앞에서 인사하던 장면, 학교를 마치고 집에 곧장 가지 않고 학교나 집 주변을 돌아다니던 기억, 할머니의 통곡 소리를 들으며 이불 속에서 밤새웠던 일.

일부러 끄집어낸 기억들이 아니라 머릿속 어디에 꼭꼭 숨어 있던 기억들이 글을 쓰다 보면 툭툭 튀어나와 나의 글 감이 되었다. 기억으로 글을 쓰는 것이 아니라 글을 쓰는 일이 나의 기억을 되살려주었다.

글을 가지고 에세이 수업에 가면 각자의 글을 모두 앞에서 직접 읽는다. 사람들 앞에서 공식적으로 무언가를 발언하는 것에 대한 공포가 있는 나로서는 매우 어색하고 힘든 일이었다. 지금도 나는 그것이 어색하고 조금 부끄럽다. 그런데 내 글을 소리 내어 읽는 것은 내 글을 쓰는 것과는 또 다른 특별한 느낌이 들게 했다.

내가 글을 읽으면 글 속에 있는 나의 경험, 생각 들이 나의 성대의 떨림으로 소리가 되었다. 성대와 함께 떨리는 내 몸과 공기를 타고 나갔다가 다시 돌아온 소리가 만나면 덤덤해진 기억들이 다시 생생하게 살아났다. 글을 읽고 있는 내가 글 속의 나의 마음을 만져주고 위로해주는 것 같았다. 글을 읽으면서 나는 글 속의 내가 되어 위로받았다.

"나도 엄마가 쓰는 것처럼 한번 써봤어. 작가님한테 보여 드려줘."

작년 가을, 11살이던 민주가 공책을 내밀었다. 나와 둘이서 다녀온 캠핑 이야기가 적혀 있었다. 또, 지난겨울에는 퇴근하고 집에 막 들어온 나에게 이제 막 10 살이 된 수인이가 보여줄 것이 있다고 했다. 연필로 삐뚤삐뚤 쓴 동시들이었다.

형태는 달라졌지만 나는 항상 글을 쓰는 것과 연결되어 있었다. 글을 쓰는 것이 놀이였고 정의감이었고 지금 직장에서는 밥벌이이고 직장 밖에서는 내가 위로받는 방법이다.

그리고 이제는 내가 글 쓰는 것을 아이들이 본다. 내가 쓴 글을 아이들이 읽는다. 그리고 아이들도 글을 쓴다. 나는 아이들의 글을 읽는다. 아이들은 내 글 속에서 나를 읽고 나는 아이들의 글 속에서 아이들을 읽는다. 어느새 우리는 함께 글을 쓰고 읽고 있다.

길

정민주

길이 올라가요
길이 내려가요
길이 꼬불꼬불
다 길이에요.

사람의 시작과 끝

정수인

초등학생은 유치원이 그립고
중학생은 초등학생이 그립고
고등학생은 중학생이 그립고
그런데 사실 가장 그리운 건 크면서 알아요.
엄마 아빠 등등 우리 가족이라는 걸.

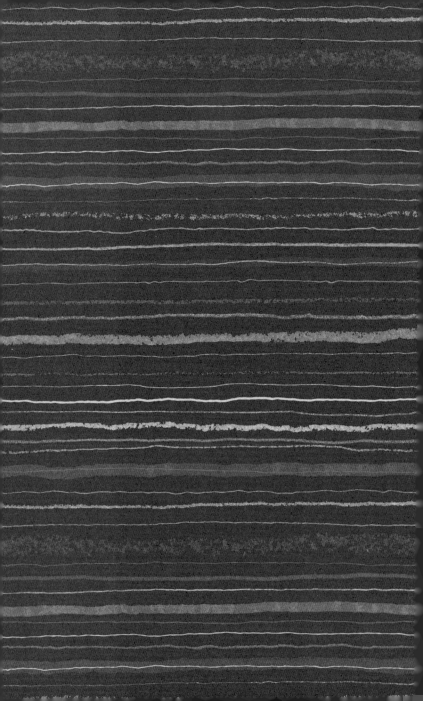

괜찮아졌어요

오 정 민

그 시간, 그 공간, 그들이 좋아서
이젠 나도 쓰는 이

냄비가 탔다. 밤을 삶다가 물을 적게 부었던지 탄내가 진동한다. 냄비 밑바닥이 완전 새까맣다.

'아, 닦기 귀찮은데.'

냄비를 개수대에 가져가 물을 부으니 물방울이 금세 연기가 되는 소리가 요란스럽다. 거기에 베이킹소다를 한 숟가락 넣고 식초를 조금 부었다. 촤아 하는 소리와 함께 물이 하얗게 보글보글 일어났다. 몇 분을 기다린 후에 거친 수세미로 문질렀다. 기대와는 달리 벗겨지지 않았다.

'에이, 관둬.'

냄비에 다시 베이킹소다를 뿌리고 물을 넘치도록 받아

두었다. 그리곤 그대로 며칠째다. 밥그릇이며 접시며 컵은 식기세척기에 쉴새 없이 넣었지만 탄 냄비는 계속 개수대에 있었다. 어차피 식기세척기로는 닦이지도 않을 것이다. 편수 냄비로 제일 자주 썼고 라면을 끓이기에도 딱이어서 아쉬웠지만 그냥 불편한 대로 지냈다.

엄마는 3주 간격으로 항암 주사를 맞는다. 1차 항암 주사를 맞기 10일 전에도 복수를 3리터나 뺐었는데 복수가 또 차서 항암주사를 맞으면서 동시에 복수를 뺐다. 복수를 뺄 때는 옆구리에 직접 긴 바늘을 꽂는다.

바늘이 연결된 긴 튜브 끝에는 눈금이 5,000cc까지 그어 있는 반불투명한 두꺼운 비닐봉투가 매달려 있다. 튜브를 따라 요구르트 색인 복수가 줄줄 나온다.

진공상태처럼 납작했던 비닐봉투에 복수가 흘러내려 가며 길이 만들어지고 아래부터 500cc, 1,000cc을 어느샌가 채운다. 줄줄 흐르다 나중엔 방울방울 맺힌다. 튜브 끝에 웅덩이처럼 모였다가 그게 넘쳐서 아래로 모인다. 방울 방울이 끝도 없다. 2,000cc에서 멈추는 듯도 하다가 조금 기다리면 2,100cc, 더 기다리면 2,200cc로 늘었다. 복수가 빠지면서 동시에 만들어지고 있는 건가 싶었다. 2,500cc. 더이상 나오지 않았다.

2차 항암 주사 때는 복수가 차는 속도가 줄었고 피검사 결과도 좋아졌다고 했다. 복수를 이번엔 빼지 않아도 될 것 같다고 했다. 다행이라고 쾌재를 부르고 싶었지만 완치가 된 것이 아니었다.

병원에 꼭 같이 가겠다는 1, 2차 때와 다르게 이번에는 연가를 쓸 때 눈치가 보였다. 초등학교 담임을 맡고 있기에 내가 연가를 쓰면 시간이 비는 선생님이 돌아가면서 우리 반 시간을 대신 맡아야 한다. 시간마다 선생님들이 계속 바뀌니 초등학교 담임제도에 있는 아이들은 불안해하고 학급관리도 잘되지 않는다. 그래서 내가 아픈 병가 아닌 다음에는 교사로서 연가 사용은 마음이 자유롭지 못하다. 동료들은 괜찮다고 했지만 지난번에 호전이 있다는 말을 방패 삼아 3차에는 아빠만 엄마와 병원 진료를 받으러 갔다.

내가 가지는 않았지만 시계를 볼 때마다 병원에서의 일정이 떠올랐다. 아마 새벽 5시 30분에 집을 나섰을 것이다. 1시간쯤 걸려서 병원에 도착하면 병원도 아직 밤인 듯 고요할 것이다. 그 틈에 살며시 불이 켜진 곳이 있는데 그리로 사람들은 모여든다. 혈액검사실이다.

엄마도 번호표를 뽑고 대기실에 앉아 있었을 것이다. 7시쯤 피를 뽑고 엑스레이를 찍고 구내식당에 가서 아침밥으로 고기야채죽을 천천히 먹을 것이다. 9시 10분 진료 시간까지 대기실에서 전광판을 보며 기다릴 것이고 5분도 채되지 않는 의사 진료를 받고 나면 웰빙치료실에 가서 항암주사를 맞을 것이다.

9시 48분. 아빠에게 카톡 문자가 왔다.

'희소식. 복막 전이가 많이 좋아졌고 복수도 말랐다고 함.'

복수가 병의 위중함을 보여주는 지표였는데 그게 말랐다고 했다. 잘됐다고 우선 문자를 보내고 점심시간에 아빠에게 전화를 걸었다. 아빠의 목소리가 희망찼다.

'엄마가 진짜 나아졌구나. 엄마가 치료되고 있구나.'

엄마에게도 전화를 걸었다. 힘이 있는 목소리. 희망이섞인 목소리. 더 잘 먹고 운동도 열심히 하겠다고 했다. 이제 걱정하지 말라고 덧붙이기도 했다.

퇴근하고 집에 가니 개수대에 늘 놓여있는 탄 냄비가 보였다.

'해치우자.'

빳빳한 수세미를 새로 뜯었다. 그리고 힘을 주어 문질렀다. 문지르는 대로 벗겨졌다. 전엔 페인트마냥 탁 달라붙어 안 지워지더니 이번엔 술술이다. 손아귀에 힘이 잘 쥐어졌다. 바닥은 금세 클리어. 남은 건 벽면.

'지금까지 잘 해왔어. 할 수 있어. 해낼 거야.'

더 박박 문질렀다.

깨끗해진 냄비를 보니 오랜만에 거기에 된장찌개를 끓여 먹어야겠다는 생각이 들었다. 냉장고 속 재료를 보니 애호박, 양파가 있었다. 그걸로도 충분하겠지만 오늘은 대충 해치우고 싶지 않았다.

한 번 들어오면 몸이 집에 딱 달라붙어 움직이질 않기 마련인데 이번엔 극이 바뀌어 밀어내는 힘이라도 있는 듯이 밖으로 움직여졌다. 마트에 가서 감자, 두부, 버섯을 사고 간 김에 내일 동료들과 나눠 먹을 커피음료를 한가득 사고 간식도 한아름 샀다. 귤도 한 박스 샀다.

의사의 괜찮아지고 있다는 한마디가 에너지였다. 두 달

남았다는 시한부 선고를 받고 엄마가 의사에게 살려달라고 울먹이며 이야기했을 때 의사는 대꾸하지 못했다. 그래서 버텼다. 희망도 절망도 갖지 말고 단단히 잘 버텨야 한다고 생각했다. 말기암 환자는 의사가 살리는 게 아니라 가족이 살리는 거라고 주문을 걸었다.

엄마에게 의지가 되려면 나약해져 있으면 안 되고 냉철하게 상황을 바라보고 판단하고 나쁜 상황일지라도 내가 꿋꿋하게 잘 버텨야 한다고 생각했다. 지금까지 잘 버티고 있다고 나를 토닥여왔었는데 실은 잔뜩 움츠려 있었던 거다. 70퍼센트 정도 복수가 말랐고 호전을 보인다는 말은 나를 가뿐하게 움직이게 했고 잔뜩 얼어 있던 마음이 풀어지니 눈물이 났다.

이제 정말 괜찮아지는, 그야말로 좋아질 일만 생기길 바란다.

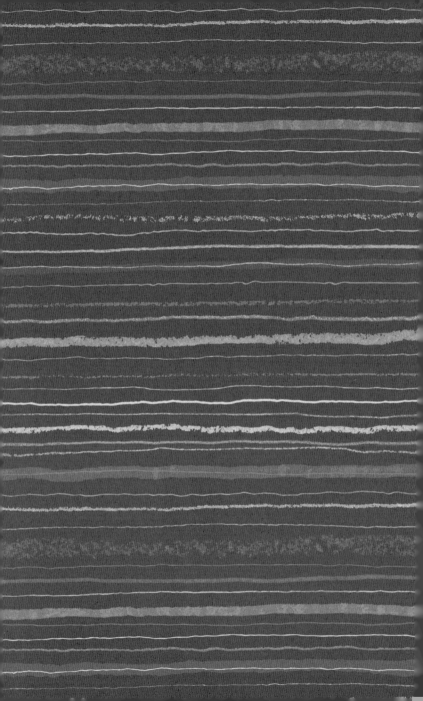

아버지의 색소폰

유 선

인생도 글도 술술 풀어나가고 싶은 직장인

국거리 쇠고기를 사서 작은 한식 뷔페 집을 운영하는 어머니를 찾아가 죽을 좀 끓여달라고 했다. 인사발령으로 새로운 사무실에서 근무하면서 근처에 점심 먹을 식당이 마땅치 않아 도시락을 싸갖고 다니는 중이었다. 순식간에 국을 끓인 어머니는 식당 닫을 시간이라며 바닥을 닦고 정리했다. 마침 2층에서 자고 있던 동생이 내려와 어머니를 누가 집에 데려다줄 건지 물었다. 동생과 나는 아버지와 서로 부딪히기 싫어한다. 동생이 물은 것은 나더러 갔으면 하는 것이었다. 나는 내가 모셔다 드리겠다고 말했다.

어머니는 요즘 아버지가 색소폰에 푹 빠져 있다고 말했

다. 색소폰 연습을 하는 덕분에 앓는 소리를 듣지 않아 집에서 지내기 편하다고 했다. 매사 못마땅한 일이 가득한 아버지는 가족에게 잔소리를 심하게 하는 편이다. 세상 모든 고난을 혼자 짊어지고 있다고 생각하는 아버지의 한숨 섞인 말은 우리를 항상 힘 빠지게 했다. 특히 작년 동생의 죽음 이후 집 뒤란에는 소주병이 수북이 쌓이고 있다.

어쩌다 가는 나도 아버지의 푸념이 듣기 싫어 집에 가는 발길이 뜸해지고 있는데 매일 같이 사는 어머니는 어떨까 싶어 늘 어머니가 안쓰럽다. 그런데 색소폰에 재미를 붙였다니 아버지를 위해서도, 어머니를 위해서도 다행스럽다.

초등학교 시절, 아버지는 매일 밤 나를 붙잡고 사칙연산과 한자를 가르쳤다. 아버지가 내준 숙제를 하지 않는 날이면 담배 연기로 가득한 방에서 잔소리를 들어야 했다. 가끔 연기에 실려 사라지는 상상도 했었다. 눈물을 한 바가지 쏟아낸 나는 건넌방으로 가 할머니 옆에 누웠다. 할머니는 긴 한숨을 쉬며 이불 속에서 나를 토닥여주셨다.

주말에 낮잠을 자다가도 밖에 나갔다 돌아온 아버지 인기척 소리가 나면 벌떡 일어났다. 아버지 눈을 똑바로 바라보는 것이 늘 두려웠다. 그 시절 나는 어망 속에 잡혀 있는 물고기처럼 아버지 속에 갇혀 지냈다.

2년 전, 나는 회사 동료와의 갈등으로 잠을 이루지 못했다. 당장 뭐라도 하지 않으면 미칠 것 같았다. 나는 마을의 한 책방에서 독서모임을 한다는 걸 알고 신청했다. 매주 한 권씩 읽고 생각을 나누는데, 매주 책 한 권을 읽는 게 쉽지 않았다. 그것을 또 정리해서 소감을 말하는 것도 어려웠다. 자연스럽게 글쓰기에 관심이 생겼고 책을 낸다는 것에도 호기심이 생겼다. 마침 책방에서는 글쓰기 수업을 하고 있어 그 수업도 같이 들었다.

얼마 후 글쓰기 하는 사람들끼리 책을 낸다고 했다. 나는 코로나 시절 바뀐 해외 전시회 참가 풍속도를 그렸다. 선생님에게 지도받고 퇴고하는 여러 과정을 거친 후 내가 쓴 글이 책으로 나왔을 때 조금 신기했다. 하지만 들뜬 기분은 잠시뿐. 다른 사람의 글을 읽어 보니 내 글은 단편적인 사실을 나열했을 뿐 많이 부족했다.

나는 조금 더 적극적으로 글쓰기 수업에 참여했다. 어느새 1년이 지났다. 얼마 전 그동안 어떤 글을 써왔는지 파일을 열어 보니 아버지에 관해 쓴 글이 압도적으로 많았다. 어릴 때 아버지가 무서워 말하지 못했던 이야기를 비롯해

아버지와 여행한 이야기 등 여러 가지가 있었다. 돌이켜 보면 어른이 되어서도 내 몸을 꼭꼭 휘감고 있었던 아버지의 마법을 풀고 싶었다는 생각이 든다. 나에게 글쓰기란 그 아버지에게서 벗어나기 위해 주문을 외는 것과 같았다.

"이번에도 아버지 이야기네요."

아버지가 해소되지 않은 아픈 지점이라는 걸 아는 선생님은 나에게 어릴 때 가졌던 마음을 더 자세하게 표현해 보라고 했다. 처음에는 글쓰기 수업에 참여하는 다른 사람을 의식해 소극적이었던 글은 어느새 어린아이가 되어 말하고 싶었던 것을 썼다. 시간이 지나 글이 쌓일 때마다 아버지에 대한 원망이 이상하게도 줄어들었다. 아버지를 미워했던 사건들이 별것 아니었던 일로 해석되기 시작했다.

집에 도착하니 아버지는 색소폰을 분리해 닦고 있었다.

"아버지, 색소폰 소리가 어떤가 들어보게 불어봐요."

나의 부탁에 아버지는 쑥스러운 듯 못 들은 체하고 계속 청소만 했다. 그러다 색소폰 마우스피스에 입을 대더니 삑 소리를 냈다. 나는 가족을 모아놓고 아버지 연주를 듣는 날이 왔으면 좋겠다고 말했다. 아버지는 그런 가족이 어디 있느냐고 소리쳤다.

"아버지와 친해지려고 그렇게 말한 것이니 좋게 받아주면 안 돼요? 버럭 소리 지르지 마시고."

아버지가 소리치면 같이 소리치며 대들었던 옛날 내 모습이 떠올랐다. 나는 계속 아버지 곁에 붙어서 말을 걸었다. 아버지도 화를 내지 않고 색소폰을 닦았다.

아버지에 대한 글을 여러 번 쓰다 보니 머릿속에 저장됐던 아버지 모습을 바꿔 생각해 볼 수 있었다. 고집스럽게 읽어왔던 부자간 스토리텔링이 틀릴 수도 있고 다르게 풀어 쓸 수 있다는 것을 알았다.

아버지는 할아버지에게 입은 상처를 평생 치유하지 못한 채 살아왔다. 그 사람은 나의 아버지가 됐고 나는 상처를 받았다. 나는 아이들에게 상처를 물려주는 아버지가 되지 않기 위해 노력하고 있다. 그리고 나는 아버지에게 버럭 대들었던 과거에서 벗어나 아버지의 자상한 아들로 살고 싶다.

글쓰기가 상처 난 내 마음을 치유해 주었듯이 색소폰이 아버지의 상처를 아물게 하는 기회가 되었으면 좋겠다. 이제부터는 나는 아버지의 다른 이야기를 쓰고 싶다.

다른 사람을 의식해 소극적이었던 글은
어느새 어린아이가 되어 말하고 싶었던 것을 썼다.
시간이 지나 글이 쌓일 때마다
아버지에 대한 원망이 이상하게도 줄어들었다.
아버지를 미워했던 사건들이 별것 아니었던 일로
해석되기 시작했다.

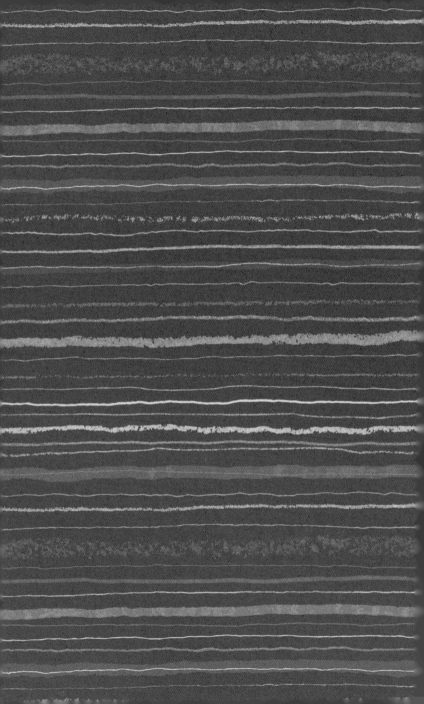

이제
글을 쓰려고
합니다

윤 을 순

뚜벅뚜벅 걷다 보면 꿈이 언젠가 현실이
될 거라고 믿는 현실적 몽상가

3년 전인 2020년 코로나가 시작일 때 12학급의 작은 학교로 옮겼다. 퇴직을 생각하던 나는 '작은 학교'를 희망했다. 이미 작은 학교에서 5년을 근무한 터라 작은 학교의 장단점을 잘 알고 있었다. 작은 학교는 학교 업무와 수업이 많아서 교사가 힘들지만 아이들과 유대감이 형성되어 교육활동을 정상적으로 할 수 있다고 생각했다.

그러나 이런 나의 기대와 달리 코로나로 학교에서 아이들과 유대감은커녕 얼굴도 보지 못한 채 수업도, 생활지도도 해야 했다. 새로운 방식을 찾아야 했다. 연수를 통해 온라인 수업방식을 배우고, 우리 반 아이들과의 소통을 위해 밴드도 운영했다. 수업결손이 걱정되는 학생을 수시로 학교로 부르기도 하고, 그것도 안 되면 부모와 상담도 했다. 한 해가 어떻게 갔는지 모르게 지났다.

2021년에는 아이들이 없는 교실이 익숙해졌다. 학교폭력 담당 업무를 담당하면서 오랫동안 학교생활을 하면서도 몰랐던 아이들의 새로운 세계를 경험했다. 이를 통해 아이들을 더 이해하게 되었다.

2022년에 3학년 부장 교사가 되었다. 3학년은 코로나 세대라 학교 활동을 제대로 하지 못한 아이들이었다. 나는 한여름 더위를 식혀줄 물놀이, 탄천으로의 나들이, 다양한 활동의 현장 체험학습, 학생주도의 축제 등을 기획하여 아이들이 학교생활의 즐거움을 느끼게 했다.

또한 고입 진학을 위해 학기 초부터 3학년 담임 선생들이 학생들의 진로를 상담하게 했으며, 특성화고와 특목고 학생들을 위한 면접 대비 연습을 시켰다. 그 결과 아이들은 원하는 학교에 대부분 진학했다.

아이들이 있는 곳은 크고 작은 문제가 끊임없이 생긴다. 3학년은 문제가 생길 때마다 담임 교사들과 아이늘 그리고 학부모의 협조로 문제를 원만하게 해결했다. 나는 1년 동안

3학년 학생들과 담임 선생과 함께 생애 최고의 시간을 보냈다. 아이들의 졸업식이 있는 날 나도 함께 졸업하는 느낌이었다.

3년 동안 다양한 업무를 하면서 학교생활을 하다 보니 체력이 소진됐다. 잠시 쉬면서 그동안의 나의 학교생활을 정리하고픈 생각이 들었다. 결국 2023년 한 해 휴직을 했다.

휴직 후 한두 달 동안은 아침마다 매일 집을 쓸고 닦고, 소파에서 멍하니 앉아 커피 한잔하면서 여유를 부렸다. 코로나 때부터 하나씩 들여놓은 화초에 눈길을 주기도 했다.

그러다 문득 내가 정말 하고 싶은 일이 무엇인지 알고 싶어졌다. 화초 기르는 일? 여행하는 일? 확실하게 모르겠다는 생각이 들었다. 사실 교직에 들어온 후로 내 생활은 학교와 집이 전부였다. 학교 밖의 세상은 얼마나 변해 있는지, 내가 과연 학교 아닌 곳에서 잘 적응할 수 있을지 두려움이 생겼다. 봄이 되면서 하나씩 도전하기로 했다. 모든 것은 마음먹기에 따라 달라진다. 해야겠다고 생각하는 순간 나는 낯선 세계로 훅 들어갔다. 새로운 우주가 있었다.

4월부터 '타로 수업'과 '라인댄스' 수강을 시작했다. 처음이었는데 시간이 지나면서 익숙해졌다. 그러다 타로 수업

강의실 한쪽 벽에 붙은 포스터를 보았다. '내 시간과 공간의 에디터가 되는 글쓰기'라는 홍보 포스터였다. 나는 바로 신청했다. 2년 전부터 글쓰기가 너무 하고 싶어 다른 곳에서 하는 글쓰기 수업을 신청했다 시간이 없어서 포기했었기 때문이다.

5월부터 글쓰기 수업을 시작했다. 수업은 일주일에 한 번, 처음 두 번은 주제가 주어진 글쓰기였고, 이후에는 각자 쓰고 싶은 것을 썼다. 수강생들은 A4 한 장 반 분량의 글을 써와서 읽었다.

글쓰기 선생은 족집게같이 어설픈 문장 속에서 글쓴이의 마음을 찾아내서 물었다. "진짜 하고 싶은 말이 뭐예요?" 그러면 글쓴이는 이런저런 미처 글에 담지 못한 이야기를 말로 했다. 그러면 선생은 말했다. "그렇게 쓰시면 돼요." 글쓰기와 말하기는 같다는데 말처럼 쉽지 않았다.

나름 논리적으로 글을 쓴다 생각했는데 나는 고쳐 오라는 말을 들으면 기가 죽었다. 하지만 피드백을 받고 글을 수정할 때마다 나도 모르는 새로운 나를 발견하는 즐거움이 생겼다. 진짜 나는 누구지? 다시 글쓰기를 시작했다. 나의 첫 글은 '이제 글을 쓰려 합니다'라는 주제였다.

나는 1997년 32세에 임용고시를 통해 늦깎이 신입 교사가 되었다. 나의 첫 학교는 OO공장 지대에 있는 중학교였다. 발령받은 첫해, 겨울 엄마가 운영하던 술집에서 일하느라 학교에 나오지 못하는 아이를 보며, 학교로 사채업자가 아이를 찾아와 소리를 질러 학교를 난장판으로 만드는 것을 보며 IMF를 실감했다.

나라 경제가 어찌 되었든 아이들은 아이들이었다. 쉬는 시간이면 여자아이들은 복도에서 무슨 이야기를 하는지 수시로 낄낄대면서 웃었다. 남자아이들은 운동장으로 뛰어나가 공을 차다가 교실로 뛰어들어와 수업을 들었다. 그 아이들은 영락없이 수업 내내 꾸벅꾸벅 졸았다.

아이들이 가장 즐거워했던 것은 체육대회였다. 교실에서 자던 아이들이 100미터 달리기 계주로 아이들을 열광시켰다.

3월에 환경미화 심사날짜가 정해지자 반장이 중심이 되어 학급 게시판이 꾸며졌다. 담임 교사들은 사비를 털어 환경미화와 관련한 자료를 구입하고 아이들 간식을 제공하면서 독려했다.

우리 반은 교실 벽에 페인트를 칠했다. 학교 교실 벽은

바닥과 접한 부분만 띠처럼 검은색이었고 나머지 부분은 하얀색이었다. 바닥에 종이를 깔고 검은색과 하얀색 경계선에 넓은 테이프를 붙이고 하얀색 페인트로 칠했다. 도와준다고 남았던 아이들은 수다 떠느라 바빴다. 누가 누구를 좋아한다, 나는 커서 뭐가 되고 싶다, 선생님이 담임 선생님이어서 좋다는 등. 나는 그날 재잘재잘 수다 떠는 아이들이 좋았다.

조마조마했던 순간도 있었다. 가을 햇살이 좋은 9월 어느 날, 학교 주변에 있던 가스 충전소가 폭발해서 수업하던 아이들을 인근 초등학교로 대피시키면서 혹시나 아이들이 다칠까 봐 어찌나 걱정했는지 모른다. 2년 6개월간 아이들과 함께한 시간이 행복한 시간이었다.

글을 쓴다는 것은 내 인생의 거울을 만드는 것이다. 글을 쓰면서 교사로서의 나를 보았다. 세월이 흘러도 여전히 젊은 날의 행복한 시간을 그리는 나를. 그래서 아직도 열정적이고 날카로움으로 스스로와 주변 사람 누군가를 힘들게 하는 나를 보았다. 내려놓아야 할 때다. 이제는. 앞으로는 나를 휘감았던 지나친 열정도, 날키로움도 덜어내고 여유롭고 따뜻한 시선으로 살아가고 싶다.

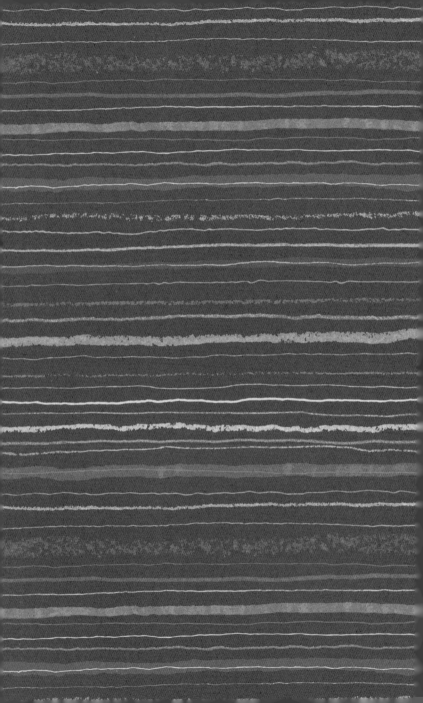

치유의 글쓰기와 나

이 상 록

어쩌다 보니 그림 그리는 것보다 글쓰는 시간이
더 많아진 그림 그리는 사람

친구들이 내게 푸념을 늘어놓을 때면, 나는 가끔 속으로 딴생각을 하곤 했다. 중간부터는 거의 안 듣는 것이었다. 그리고 친구의 말이 끝나면 다 들은 것처럼 '저런, 참 힘들었겠네'라고 대충 넘겼다. 친구에게도 이러는 나는, 요즘 잘 모르는 사람들의 글과 말을 아주 집중해서 보고 듣고 있다. 이상한 일이다. 과거의 몇 가지 사건을 돌이켜 봤을 때, 나는 남이 어찌 되건 상관없다는 마음을 가진 사람 같은데 말이다.

올해 초, 나는 집에서 차로 한 시간 거리에 있는 시골 책방 글쓰기 교실에 등록했다. 막연히 시를 쓰고 싶다는 것이

최초의 목적이었지만 어쩌다 보니 에세이 쓰기를 수업받게 되었다. 나에 관해 쓴 이야기를 수업시간에 낭독하는 것인 줄 처음에는 몰랐다. 당황했지만, 글솜씨 향상으로 목표를 다시 잡고 계속 수업을 받았다. 허구의 이야기를 만들고 그림을 그리는 내 일에도 도움이 될 것 같았다.

3주 차 수업을 마친 후, 나는 무언가 여기서 털어놓고 싶은 마음이 들었다. 글솜씨 향상은 점점 핑계가 돼버렸다. 누구에게도 말하지 못했던 것을, 생전 처음 보는 사람들에게 털어놓고 싶었던 것이었다. 애초부터 이런 활동을 신중하게 생각하고 결정한 것은 아니었다.

'사람들은 생각보다 남의 허물에 관심이 없다.'

예전에 어딘가에서 본 글이다. 타인들은 내 속내 따위에, 내 치부나 하자 따위에, 심지어는 튀어나온 코털에도 그다지 신경 쓰지 않는다는 것이다. 그래서 더 털어놓고 싶었는지 모른다. 어느 골목길 벽에다가 짝사랑하는 사람의 이름을 조그맣게 적어놓고 튀는 것처럼 말이다.

휙 지나쳐가는 사람에게 내 비밀을 말하는 것, 그것은 일종의 '고통스러운 쾌감'과도 같다는 깃을 글 수업을 받은 지두세 달이 지나서야 알게 됐다. 내가 낯선 이들에게 말을 하며 쾌감을 느끼다니, 정말 이상한 일이었다. 그 쾌감은 수십 년간 날 괴롭혀 온, 언어장애에 가까웠던 '말하는 것'에 대한 공포증까지 누그러뜨릴 정도였다.

3개월 정도 글 수업을 받다가 수업량이 부족하다고 느꼈다. 그리고 내 비밀과 하자를 더 많은 사람에게 떠벌리며 공개처형을 당하고 싶었다. 고통의 쾌감을 더 느끼고 싶었다. 그래서 같은 선생님이 강의하는 집 근처 문화재단 수업도 중복해서 듣게 됐다. 선생님이 이런 나를 이상한 사람으로 볼지도 모른다는 걱정이 들었지만 어쩔 수 없었다.

수업 명은 '치유의 글쓰기'였다. 첫 수업시간에 조금 일찍 가서 교실에 앉아 있었다. 그 교실은 춥지 않았지만, 왠지 추운 느낌이 들었다. 곧 회원들이 들어오기 시작했다. 연령대는 다양해 보였다. 나는 한 명 한 명 들어올 때마다 그들의 얼굴을 보며 생각했다.

'저 사람은 여기 왜 온 걸까. 수업 명대로 뭔가 치유하러 온 건가.'

곧 선생님이 출석 체크를 하고 간단한 인사와 자기소개가 이어졌다. 회원들은 각자 다양한 말들을 했는데, 대부분 마음속의 뭔가를 털어놓고 싶어서 왔다는 공통된 느낌이 들었다. 그중에는 그냥 얼떨결에 왔다는 사람도 있었고 수업의 방향성을 전혀 잘못 알고 온 사람도 있었다. 하지만 모두 마이크가 손에 쥐어지길 기다렸다는 듯이 훌륭하게 말을 잘했다. 내겐 그렇게 보였다.

나는 발표 공포로 인해 마지막인 내 차례를 기다리는 동안 등이 젖을 정도로 식은땀이 많이 났고, 끝 좌석에 앉은 것을 후회했다. 나는 내가 무슨 말을 하는지도 모르는 채 뭔가 횡설수설 몇 마디 말을 했다. 쾌감은 없었고 고통만 있었다. 잠시 후 선생님의 첫 강의가 이어졌다. 강의 내용은 의외로 간단했다. 일단 부딪혀보라는 것이었다. 선생님의 다른 교실 강의에서 들었던 내용이었지만 다시 메모했다.

나는 즉시, 어떻게 하면 더 자주 고통의 쾌감을 느낄 수 있을지 생각했다. 선생님 말에 의하면 남에게 공개하고 싶지 않은 내밀한 것을 진솔하게 쓸수록 내면의 치유도 되고 좋은 글이 나올 수 있다고 했다. 선생님은 '좋은 글'이라고 표현했지만, 그건 나에게 '고통의 쾌감을 주는 글'이라는 뜻과 같게 들렸다.

몇 개월간 두 개의 교실에서 글쓰기를 배우며 내 안을 돌아다녔다. 처음에는 두려움 때문인지 내 안에 있는 것들을 제대로 볼 수 없었다. 손으로 눈을 가리고 돌아다닌 것 같은 기분이었다. 내 속 안을 제대로 들여다보지 않고, 껍데기에서 긁어낸 부스러기들을 모아 글 소재로 삼았다. 체면 때문이었다.

그 부스러기들로 빈 수레처럼 요란한 글을 써서 제출했다. 그럴 때마다 선생님은 이 글을 쓴 이유가 뭐냐는 질문을 내게 했다. 그것은 나 스스로 문제를 깨닫게 하려는 그 선생님 특유의 수업방식이었고 점잖은 꾸지람이었다.

그렇게 한동안 혼이 났다. 그러다 차차 실눈을 뜨게 됐고 시간이 더 지나면서 점점 눈을 크게 뜨고 내 안을 돌아다녔다. 그렇게 속에서 끄집어낸 재료들로 글을 썼다. 그 재료들을 진솔하게 쓰면서 좋은 문장을 만들어 내는 것은 또 다른 어려움이었다. 어쨌건 나는 수업에 한 번도 빠지지 않았다. 몇 번은 좋은 평가를 받기도 했다.

그렇게 내밀한 글을 써서 사람들 앞에 공개한다는 것은 여러 번 반복해도 적응이 안 되는 꽤 힘든 일이었다. 벌거벗은 기분 때문이었다. 하지만 그런 경험은 내가 원했던 고통스러운 쾌감을 몇 번이나 느끼게 해 주었다. 중독성이 있었다.

어쨌든 그렇게 1년이 다 되어 간다. 나는 여전히 고통의 쾌감에 집착하고 있다. 불과 몇 년 전만 해도 나는 치유, 힐링, 공감, 소통이라는 단어를 보면 오글거린다고 속으로 비웃기까지 했다. 그랬던 인간이 치유의 글쓰기 교실에 앉아 사람들 앞에서 뭔가를 구구절절 읽고 있다.

고통의 쾌감 때문이라고 애써 핑계를 대고 있지만, 고통이 쾌감으로 바뀌면 그게 치유가 아니고 뭐겠는가. 그러니 나는 확실히 '치유의 글쓰기' 교실에 앉아 있는 것이다.

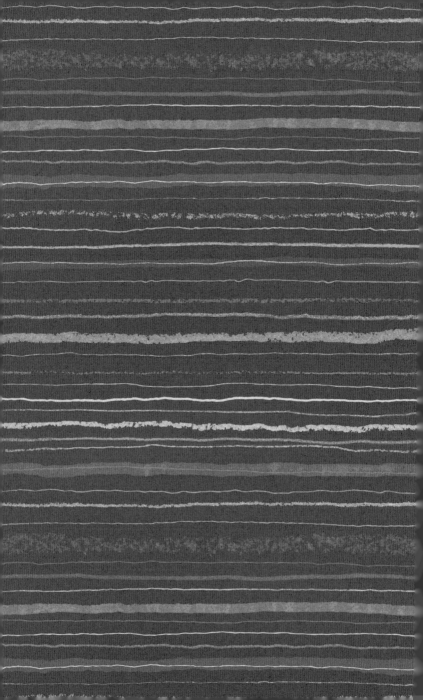

해를 향해
몸을 돌리는
작은 식물처럼

이 시 원

글쓰기를 나침반 삼아
집으로 가는 길을 찾고 있는 항해자

작년 가을, 결혼 후 16년째 나는 다섯 번째 이사를 했다. 물건이 얼추 다 옮겨지고 이삿짐센터 팀장이 못 박을 데를 알려 달라고 했다. 현관 벽에 건 긴 타원형의 거울을 보았다. 플라스틱 테두리의 꽃무늬 장식이 신발장 옆면에 닿아서 거울이 살짝 기울어진 상태였다. 원래 있던 못을 빼고 다시 박아 달라고 할까 고민하다가 전셋집이라 부담스러워 다른 거울로 바꿨다. 나를 보고 있던 팀장이 말했다.

"아, 그 거울 잘 치웠네! 어울리지도 않는데 왜 안 버리는 거예요? 본인 작품이에요?"

테두리를 초록색 물감으로 덧칠한 것을 보고 그렇게 생

각했었나 보다.

"어……, 그건 아닌데."

나는 웃은 뒤 거울을 베란다에 내놓았다.

로코코 스타일의 이 거울은 내가 어릴 때 아빠가 언니와 나에게 선물한 것이다. 군인이었던 아빠는 지방에서 오랜만에 서울의 집으로 오는 길 어디선가 이 거울을 보고 꽃 모양 테두리가 딸들에게 꽤 어울린다고 생각했던 것 같다.

엄마 아빠는 싸우는 날이 많았다. 아빠는 젊은 시절 술을 많이 마셨고 엄마는 그걸 참지 못했다. 우리 집은 크리스마스 선물이 당연히 없는 분위기였다.

어느 해의 크리스마스 날 아빠랑 엄마가 크게 싸웠다. 언니와 집을 나온 나는 추운 골목 한쪽에 서서 '내 친구들은 선물 받았다고 자랑하는데……' 하며 눈물을 뚝뚝 떨어뜨렸다.

이 거울을 받았을 때가 어렴풋이 기억난다. 아빠가 커다란 선물을 들고 왔는데 장난감이 아니라서 기쁜 건지 아닌 건지 헷갈렸다. 언니는 어땠는지 모르겠는데 파스텔색의 꽃장식이 예쁜 것 두 같았다. 받고 싶은 선물은 아니었지만, 아빠가 사준 것이라서 거울을 보면 마음이 따뜻해졌다.

나는 해를 향해 몸을 돌리는 작은 식물*처럼 부모의 사랑을 갈망하는 아이였다. 그런 나에게 거울이 전해준 온기는 소중했다. 어두운 밤에 켜진 촛불 같았다. 환한 해가 떴다면 초를 껐을 텐데.

나는 어른이 된 뒤에도 거울을 버리지 않았다. 결혼하고 부모님 집에서 거울을 들고나와 내 집에 걸었다. 어느 날 거울의 파스텔색 꽃장식이 촌스럽게 느껴져 테두리를 모두 흰색으로 칠했다. 이사를 하며 방에, 거실에 옮겨 걸다가 분위기를 바꾸고 싶으면 다른 색으로 다시 칠했다. 거울은 35년이 넘는 시간 동안 내 옆에 있었다.

나에게 글쓰기는 '내가 바라는 해'는 절대 뜨지 않을 거라는 걸 받아들이는 과정이다. 내가 햇볕을 받기 위해 얼마나 노력했든지 간에 말이다.

내가 어떤 모습이어도 나를 사랑해 주는 부모는 나에게 없었고, 앞으로도 없을 것이다. 늘 따뜻한 부모란 불가능한 환상일지도 모른다.

어떤 씨앗은 모체의 지척에 떨어진다. 새싹이 트고 어린 식물은 모체가 만든 그늘이 춥지만 모체를 바꿀 수도, 자신이 다른 곳으로 갈 수도 없다.

글을 쓰다 보면 내 마음이 오랫동안 춥고 캄캄한 곳에 있었던 결과를 확인하게 된다. 식물이 그늘을 벗어나기 위해 몸을 이리저리 꼬며 자라듯이, 내가 사랑받기 위해 했던 '착한' 행동과 관심 끌기 위해 했던 '나쁜' 행동이 글 속에 드러난다.

그래서 글을 쓰다 보면 내가 왜 집에 어울리지도 않는 거울을 버리지 못하는지 어느 순간 이해하게 된다. 요철이 많은 꽃문양 장식을 칠하느라 가는 붓을 들고 허리를 구부린 채, 긴 시간을 몇 번이나 보낸 이유를 깨닫는 것이다.

글을 쓰는 시간 동안 흙탕물이 가라앉고, 아빠의 사랑을 받고 싶었던 내 마음이 맑게 떠오른다. 그러고 나면 지나가던 이가 그깟 거울 버리라고 말해도 웃고 넘길 수 있는 마음이 된다.

모체가 일부러 햇빛을 막은 것은 아니다. 나의 부모는 힘든 시절이 있었고 그때 어린 내가 함께 있었을 뿐이다. 부모의 문제가 내가 풀어야 할 숙제라고 생각한 시간이 길었지만, 이제는 아니라는 것을 안다. 돌이켜보면 그늘이 있어서 말라 죽지 않고 자랐다.

나는 글쓰기를 통해 지나간 시간에 들어갔다가 다시 나온다. 그곳에 있는 어린 나에게 인사를 하고 나온다. 나는 그림자를 뒤로하고 해를 향해 고개를 든다. 더 높이, 곧게 자란다.

---

* 『천재가 될 수밖에 없었던 아이들의 드라마(앨리스 밀러 지음, 양철북 펴냄)』중에서.

글을 쓰다 보면 내 마음이 오랫동안 춥고
캄캄한 곳에 있었던 결과를 확인하게 된다.
식물이 그늘을 벗어나기 위해 몸을 이리저리 꼬며
자라듯이, 내가 사랑받기 위해 했던 '착한' 행동과
관심 끌기 위해 했던 '나쁜' 행동이
글 속에 드러난다.

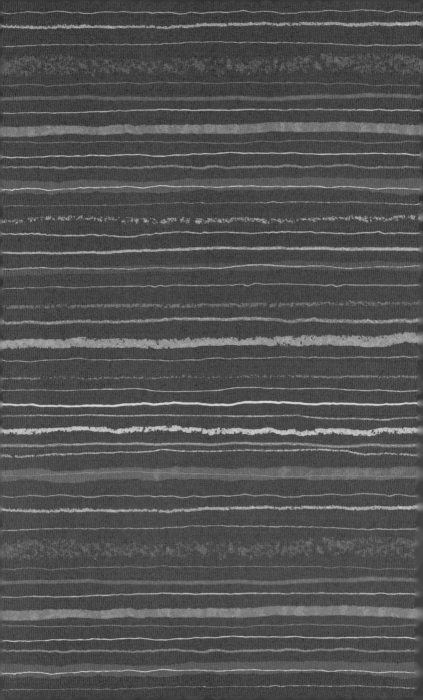

글쓰기의
태도

주 미 희

호기심을 채우기 위해
어디든 노크해 보는 사람

‘어떡해. 벌써 화요일이다!’

매주 금요일마다 있는 에세이 수업에 발표할 글을 위해 한글 파일을 클릭했다. ‘빈 문서 1’ 하얀 화면 속 깜빡이는 커서를 바라보고만 있다. 또 시작이다. 글에 대한 두려움과 부담들이 강박처럼 다가올 때가 있었다. 잘 쓰고 싶다는 욕심은 버린 지 이미 오래전이었다. 부디 번쩍하고 떠오르는 글감으로 읽는 사람이 ‘피식’ 웃거나, ‘그래, 맞아 맞아.’하고 고개를 끄덕이게 하는 문장 한 줄만이라도 쓸 수 있기만을 바랄 뿐이다.

‘아! 이번엔 뭘 쓰지?’

첫 문장을 쓰기까지 제법 긴 시간을 고민할 때가 많다. 어느 날은 몇 분 만에 뚝딱 써질 때가 있는가 하면 어느 날은 첫 단어, 첫 문장조차 쓰지 못하고 노트북을 덮을 때도 있었다. 그러다 몇 날 며칠을 고민하고, 에세이 수업 당일 아침까지 쓸 때도 있었다. 기억 속에서 글감이 될 만한 이야기들을 끄집어내기는 참 쉽지 않았다.

왜 그럴까? 남들은 참 쉽고 빠르게 잘도 쓰던데. 내가 보기엔 그랬다. 나는 왜 잘 안 되는 것일까. 그러다가 이런저런 생각들이 방향을 정하면 그것과 연관되는 생각들로 이어졌다. 그렇게 연관된 생각들을 따라가다 보면 어느 순간 글감은 딱, 하고 떠오를 때도 있었다.

계속해서 생각을 따라간다는 것, 글감을 떠올리기 위해 오롯이 그것에만 집중하고 시간을 갖는다는 것. 글이란 것을 써보겠다고 예전의 나를 되돌아보려는 태도에 셀프 칭찬할 때가 있었다.

또 이런 생각도 해보았다. 나는 하루에 얼마만큼의 생각을 하는 것일까. 그 많은 생각을 써 보면 어떨까. 그 생각들을 메모해 두면 새 글감이 되지 않을까. 잠시 스쳐간 그 순간들, 어제 있었던 일들, 그때의 느낌 등으로 시작한다면.

만약 그런 것들을 하나도 놓치지 않고 기록해 두었다면 글을 쓰기 훨씬 수월하지 않았을까.

글을 써서 금요일마다 에세이 수업을 받으러 가고 있다. 어찌어찌 글을 써갔고 발표를 했다. 선생님은 늘 정성을 다해 최고의 수업을 했다. 문장을 보고, 첨삭을 해주었다. 어떻게 쓰면 매끄러워지는지를, 최선의 방법과 글을 쓸 때의 태도와 경험들을 들려주었다.

하지만 나는 시간이 흐를수록 발전하는 글을 쓰지 못하는 것 같다. 수업시간, 내가 글을 읽을 때마다 들려오는 선생님이 원고에 줄을 긋고 체크하는 소리, 글을 다 읽고 난 후 나를 바라보는 난감한 표정과 시선, "음, 음, 어, 어" 신중하게 단어를 선택해 쉽게 설명하려 애쓰는 선생님과 마주할 때가 많았다.

그저 웃으며 넘길 때가 많았다. 글쓰기는 나의 심리 치료의 수단, 힐링, 대나무숲이라고만 여겨왔다는 생각이 들기 시작했다. 글을 잘 쓰겠다는 욕심이 없는 것도 문제였고, 못 쓰는 것도 큰 문제였다. 그중 가장 큰 문제는 바로 형용사를 남발한 그대로 단어와 문장들이었다.

매번 지적을 당했다. 신경을 쓰고 해봐도 잘되지 않았다.

쉽게 고쳐지지 않았다. 결단이, 변화가 필요하다고 생각했다. 다시 글을 처음 써보는 자세로 임해보기로 했다. 새 노트를 마련했다.

에세이 수업의 두 번째 과제를 떠올렸다. '나의 하루를 시간대로 적어올 것. 단, 감정을 배고.' 그때 적어간 나의 하루는 엉망진창이었다. 문장 속에 나도 모르게 감정을 더 하고 곱해간 것이었다.

그때의 글들은 아직도 갖고 있다. 수정해서 저장을 해두었던 것을 다시 열어보니 여전히 형용사가 들어간 감정들이 적혀 있었고 엉망진창이었다. 매일은 아니더라도 나는 일주일에 꼭 이틀은 객관적으로 바라본 나의 하루를 노트에 적어보고 있다. 건조한 글을 써보자고 해도 형용사가 들어간 감정은 문장 속에 있었다. 내 손에, 내 문장에 그대로 배어들어 있었다. 한계인가 싶었다.

해내야만 했다. 막 흘려 썼다. 비뚤배뚤 썼다. 또박또박 글씨를 써야만 한다는 것부터 깨버리고 싶었다. 이 노트를 연습장 혹은 낙서처럼 봐도 상관없었다. 내가 적어낸 틀린 문장, 마음에 들지 않은 문장은 찍찍 그어버렸다. 그 옆으로 쭉 이어 써버렸다.

연필을 쥔 내 손은 한 글자씩 적으며 단어로 문장으로 써 냈다. 내 눈은 노트에 적히는 단어와 문장들, 맞춤법, 표현, 어휘를 확인했다. 내 목소리는 문장들을 읽어냈다. 감정을 토로한 단어와 문장들, 어색한 문장들이 나왔다 싶으면 지우고 다시 쓰고 읽었다. 스스로가 만족스러워질 때까지.

"진짜 하루 끝!"

힘들다. 솔직히 굳이 하지 않아도 되었다. 하지만 해내고 싶었다. 학생 때도 많이 느껴보지 못했던 목표한 것에 대한 성취감. 하기 싫은 것도 해야 하고 어렵다고 느끼는 것도 자꾸 해야만 한다는 생각이 들었다. 그렇게 하는 것이 나를 버티게 하는 힘이 될 것 같다.

여기서 한 발 더 나아가 생각해본다. 이렇게 글을 쓰고 읽고 고치고 내 안에 쌓아놓고 있다 보면, 나에게 단단한 뿌리가 되어줄 것이라는 믿음.

나는 나를 객관화하고 덤덤하게 바라보려 글을 쓰고 수정하고 완성하는 과정을 반복하고 있다. 완벽하진 않지만 꾸준한 연습, 반복, 약간의 강박처럼 느껴지는 글쓰기가 내게는 삶을 일궈내는 훈련인 것이다.

매일 반복되는 일상의 소소한 부분까지 적어내지는 못

하겠다. 그래도 내가 나를 바라보고 삶을 살아가는 가장 큰 도구로써 글쓰기에 대한 태도를 잘 갖추어 놓는다면 좋겠다. 적어도 나에게 글쓰기는 우스갯소리처럼 말하는 '사십춘기(나이 들면서 사춘기처럼 느끼는 신체적 정서적 변화를 뜻하는 말)'라고 불리는 40대의 변화를 잘 대처해낼 수 있을 거라고 믿는다.

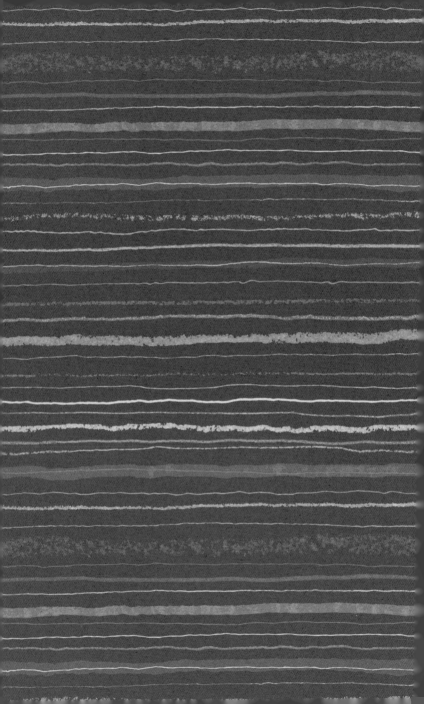

글을
쓰고 싶어!

최 유 빈

아이들과 같이 성장통을 겪고 있는
글쓰는 엄마

머릿속에 글감 찾는 생각만 가득했다. 지난 주말 산을 오르면서도 숙제 생각뿐이었다. 요 며칠 계속 그랬다.

'바람이 왼쪽에서 시작해 오른쪽으로 나가는 것을 알겠다……. 아냐. 나뭇가지 흔들리며 나뭇잎이 스치는 소리로 바람이 왼쪽에서 오른쪽으로 지나가는 것을 알 수 있었다. 바닥은 햇빛 조각들이 떨어져 있다. 조각? 햇빛이 어떻게 조각이 나죠? 하시는 거 아냐?'

산을 타고 내려와 밥을 먹으면서도 생각했다.

'엄마 이야기를 쏠까? 친정엄마는 형제가 11남매다. 외할아버지가 두 할머니와 사별하시면서 세 번째 결혼하게 되어 첫 부인과 4남매, 두 번째 부인과 2남매, 세 번째 부인과 5남매. 맞나? 많기도 하다. 엄마한테 물어봐야겠는데. 자매 중 맏이인 큰이모가 14년 전 암으로 돌아가시고 10남매가 남았다. 이모들하고 다 인터뷰해야 하는 거 아냐? 일이 좀 커지겠는데…….'

자려고 누워서도 생각했다.

'아빠 이야기를 할까? 아빠는 알츠하이머라는 병을 앓고 있다…….'

첫 문장을 떠올리자 눈이 뜨거워졌다. 못 쓸 것 같았다.

얼마 전 책을 읽으면서 소설의 주인공이 글이 써지지 않아 노트북 앞에 멍하니 오래 앉았다가 지나치게 정성껏 곰국을 끓였다가, 마당에 잡초를 종일 뽑았다는 페이지를 읽었다. 라벨지를 붙이고 또 읽었다. 감정을 말하지 않고 행동만으로 알 수 있게! 이렇게 쓸 수도 있구나 싶었다.

이번 숙제는 '쓰는 사람으로 살고 싶어서'라는 주제다. 글감을 생각하느라 길을 걷다가, 밥을 먹다가, 운전하다가, 자려고 누워서도 토막토막 글을 생각했다.

'글 쓰며 살고 싶다고 생각한 적이 없는데, 어떻게 알아!'

나한테는 어려울 수밖에 없는 주제였다. 쓴 글을 가져가야 하는 날이 이틀밖에 안 남았다. 물만 먹어도 체할 것 같았다.

처음 글쓰기 수업을 받은 건 2021년 12월부터였다.

2021년 10월 동네 밴드 어디선가 '나를 만나는 글쓰기'라는 제목의 포스터를 봤다. 며칠 동안 포스터 속 '마음의 치유'라는 말을 삼키지 못하고 입안에서만 뱅뱅 돌리고 있었다. 내가 소화할 수 없는 수업료 때문이었다. 그렇게 삼키지도 못할 걸 뱉기는 더욱 싫어서 포스터에 적혀 있는 전화번호로 전화했다.

"12회 수업을 다 듣지는 못할 거 같은데 몇 번만 들어도 되나요?"

안 된다는 말을 듣고 이제는 뱉을 수밖에 없었다. 입안이 썼다.

그즈음 나의 하루에 '나'는 없었다. 애들 아빠는 새벽 4시나 5시에 출근해 11시, 12시에 퇴근했다. 초등학교 다니는 아이 셋을 아침에 밥 먹이고 학교에 차 태워다 주는 것을 시작으로 1시에 9살 셋째가 하교 후 12살 쌍둥이의 학원이 끝날 때까지 라이딩과 대기를 번갈아 해야 했다. 오후 7,

8시쯤 집에 들어가 아이들을 씻기고 먹이고 재우고 나서 한밤중이 되면 오전에 다 하지 못한 집안일을 했다. 퇴근한 신랑과 눈도 마주치지 않고 인사하고 자러 들어갔다.

아침에 눈 떠서부터 자려 눈 감을 때까지 정신없이 뭔가를 하는 것이 오히려 좋았던 것 같기도 하다. 그때는 가만히 있으면 눈물이 났다. '나'에 대한 말을 하려고 하면 말보다 울음이 먼저 목에 걸렸다. 얼굴이 일그러지고 눈물이 고이기 시작하면 하려던 말보다 미안하단 사과를 먼저 해야 했다. 이런 일이 반복되자 '나'는 생각도 말도 하지 않으려 했다. 글을 쓰면 왜 그런지 알 수 있을 것 같았다. 알면 고칠 수 있을 것 같았다.

며칠 후 전화가 왔다. 12회였던 수업을 8회로 줄여 수업료를 낮췄다며 아직도 할 마음이 있냐 물었다. 통화를 끝내자마자 입금했다. 손에 저릿저릿 전기가 오고, 발바닥이 간질거려 어떻게 못하고 혼자 히죽거렸다.

모르는 사람들과 매주 목요일 10시에 만나 두 시간씩, 써 온 글을 읽었다. 내 글을 읽으면서 울고 남의 글을 들으며 울었다. 울었다가 웃었다가. 두 시간이 짧았다. 쓸 내는 화가 났던 글도 읽으면 눈물이 났다. 읽는 사람이 울기 전부터 눈물을 흘렸던 적도 있었다. 이 핑계 저 핑계로 많이 울었다. 학생만 우는 게 아니라 선생님도 같이 울었다. 몇 번 수업을 한 후에는 당연히 책상 위에 휴지가 있었다. 우느라 웃느라 눈물을 많이 닦았다.

수업은 8회에 끝났다. 하지만, 우리는 동아리 지원사업을 받아 수업을 이어갔다. 뒤에는 문화예술조합의 지원을 받았다. 2022년 겨울에는 지금까지 쓴 글들을 모아 얇은 책자를 만들었다. 동네 축제에서는 시를 써서 시화전도 열었다. 이런 행사들을 끝으로 지원금은 없어졌다. 강사비도, 장소 대여료도 줄 수 없게 됐다. 행사도, 수업도 끝나자 글 쓰던 사람을 만나지 못했다.

고민 끝에 남은 몇 사람들은 줌으로 만나기로 했다. 때로는 셋, 때로는 둘밖에 되지 않을 때도 있었다. 매주 만나던 것을 격주로 만났다. 쓴 글을 읽기도 하고, 책을 읽고 서평을 쓰기도 했다. 그러다 내가 직장을 다니게 돼 평일 오전 수업에 참여할 수 없게 됐다. 글 동아리 대표에게 전화해 두 달만 쉬겠다 했다. 눈이 뜨거워지기 시작했다. 울까 봐 빨리 전화를 끊었다.

글을 쓰겠다는 생각을 안 하게 되자 하루가 30시간은 되는 것 같았다. 사람은 가만히 있고 주변 풍경은 계속 바뀌는, 화면 속 그 사람이 나였다. 넷플릭스를 보고, 티빙을 보고, 사람들을 만나 의미 없는 수다를 떨었다. 큰 종이 울리듯 속이 빈 하루들이었다.

2023년 4월부터 다시 글쓰기 동아리에 나가기 시작했다. 그리고 두 달 후인 6월. 우리는 문화지원사업을 받았다. 선생님께 먼저 연락했다.

눈 뜨면서부터 감을 때까지 머릿속이 너무 바쁘다. 넷플릭스에서 드라마를 몇 회까지 봤는지, 티빙에서 보던 것들은 뭐였는지 생각이 나지 않는다. 세 아이를 챙기는 것, 회사 일과 집안일들은 모두 쉼표를 찍었다. 하지만 지금 생각하고 있는 글은 마침표를 찍어야겠다는 생각뿐이다. 지금 오전 7시 49분. 나는 글을 쓰고 아이들은 시리얼 먹으며 학교 갈 준비를 하고 있다.

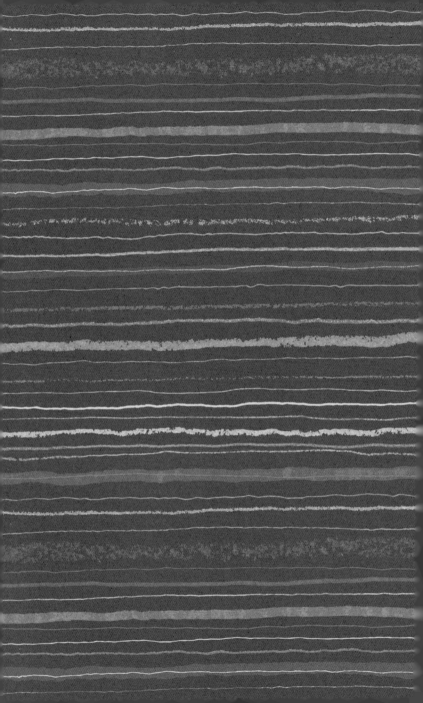

오늘도
쓰는 이유

최 은 주

온전히 쓰는 사람이길 꿈꾸는 기록자

평일 오후 5시 30분.

한가한 시간이다. 손님들이 들이닥칠 시간까지 약간의 시간이 있다. 노트북을 꺼냈다. 조리대 끝에는 배달할 때 쓰는 식당용 래핑기가 있다. 그 위가 노트북 자리다. 글을 쓸 때 내려놨다가 손님들이 오기 시작하면 다시 올려놓는다. 노트북을 켜고 블로그 글을 쓰기 위해 로그인을 했다. 부동산 블로그에 부동산 뉴스와 더불어 시장 상황에 대한 글을 썼다. 다시 고시원 블로그로 이동해서 고시원 마케팅 글을 반쯤 써가는데 문소리가 들렸다. 손님이다. 글을 부랴부랴 저장하고 노트북을 덮었다. 이렇게 틈만 나면 뭔가를 끄적이는 나를 주변 사람들은 '쓰는 사람'이라고 말한다.

작년 겨울에 호프집을 오픈했다. 4시 이전까지는 부동산 중개 일을 하고, 이후는 호프집 주방일을 하고 있다. 이런 이중생활을 한 지 7개월째다. 그러면서 나의 세상은 양갈래로 나뉘었다. 오후 4시 이전과 이후로 나뉜 나의 세상. 일에 맞춰서 복장이 달라지고, 만나는 사람들이 달라지고, 말과 생각이 달라졌다. 더 예민해지고 까칠해지는 나를 스스로 느끼고 있다. 먹고 있던 불안증 약도 정도가 더 세졌다. 나는 최대한 진을 빼서 사는 중이다. 요즘에는 두 평 남짓한 좁은 주방에 의자 두 개를 붙이고 쪼그려 누워 있는 시간이 늘었다. 누워서 천정을 보며 생각해 보니 아쉬운 게 한두 개가 아니다.

읽고 싶은 책을 못 읽는 것, 여행을 못 가는 것, 만나고 싶은 사람들을 뜻대로 못 만나는 것, 아이들을 챙길 시간이 없다는 생각까지 도달하니 괜스레 서럽다. 특히 글쓰기 수업을 듣다 호프집 일로 참여하지 못하는 건 서운한 것을 넘어 아프기까지 하다. 그 시간은 내게 일종의 치유 시간이다. 그 시간을 갖지 못한다는 건 불안증 약의 정도가 세지는 것과 비례하는 느낌이다.

부동산 투자를 하면서 찾아온 위기의 시간. 하나를 해결하면 다시 하나를 해결해야 하는 어려운 날의 연속. 돈 많이 벌어오는 남편도, 물려 줄 재산이 많은 친정도 없는 난 오롯이 혼자 이것들을 해결하며 감내해야 한다. 외롭고 무섭다. 이것을 이겨내는 일은 쓰는 것이다. 노트에, 수첩에, 작은 쪽지에, 핸드폰 메모장에 '죽진 않아'란 글을 수도 없이 쓰면서 나를 지키고 있다. 이렇게 쓰면서 나는 나를 지키기 시작한 것은 언제부터였을까?

행복하고 편안한 시간보다, 속태우고 마음 졸일 때 나는 글을 썼다. 어릴 때 일기장에는 아침마다 돈 때문에 싸우는 부모님 이야기로 시작해 집이 싫다, 왜 오빠에겐 집안일을 안 시키고 나한테만 시키는지에 대한 화가 가득했다. 가난했던 집안에서 태어나 행복하려면 돈이 있어야 한다는 다짐을 글로 쓰고 또 썼다. 그 어린 마음에도 가난해서 받는 멸시와 무시가 화가 되었다. 그 시절 내가 쓰는 것으로 감정을 푸는 걸 몰랐다면 지금 나의 모습은 어떨까?

고등학교를 인문계로 갈지 실업계로 갈지, 대학교에 가

서 학비는 어떻게 하나, 집 생활비는 어쩌지, 이렇게 사는 게 맞는 걸까, 죽고 싶다 등등 오랫동안 나의 일기장에는 그 시기마다 아픈 내가 담겨 있다. 그렇게 글로 세상과 현실에 싸대기를 때려가다 보면 어느새 감정은 사그라들고 다시 정리된 내가 되어 있었다. 하던 일을 하던 대로 계속해 나가자고, 그래서 늘 마무리는 살아내자고 썼다.

'어쩔 수 없다. 지금보다 잘 살려면 더 열심히 살아내는 수밖에.'

글을 쓰는 이유는 여러 가지가 있을 것이다. 『강원국의 글쓰기』에서 저자는 글을 쓰면 나에 대해 성찰하게 되고, 나 자신을 치유하게 되고, 내 정체성이 만들어진다고 했다. 더불어 삶의 질이 달라지고 결국 '어떤 사람'으로 남는 것이므로 글을 써야 한다고 했다. 나에게 글쓰기의 가장 큰 이유는 아무래도 나에 대한 치유가 아닐까?

한바탕 손님들이 지나가고 난 지금은 밤 11시. 홀엔 두 팀의 손님들이 마무리 술잔들을 나누고 있다. 다시 난 나의 기록장에 한 번이 서운함으로 관계가 깨진 아픈 내용을 썼다. 허무하기도 하고 어이없기도 한 그 감정은 다시 나를 쓰게 했다. 한바탕 글을 쓰다 보니 그럴 수 있지, 이해가 됐다. 그리고 끝은 이렇게 마무리되어 있었다.

'잘 살아내자. 그래야 또 보지.'

감정을 정리해가는 과정이 치유의 과정이 되었다. 그래서 나는 오늘도 틈만 나면 쓰는 사람이 된다. 내가 쓰는 사람인 이유다.

돈 많이 벌어오는 남편도,

물려 줄 재산이 많은 친정도 없는 나는

혼자 이것들을 해결하며 감내해야 한다.

외롭고 무섭다. 이것을 이겨내는 것은 쓰는 것이다.

노트에, 수첩에, 작은 쪽지에, 핸드폰 메모장에

'죽진 않아'란 글을 수도 없이 쓰면서

나는 나를 지키고 있다.

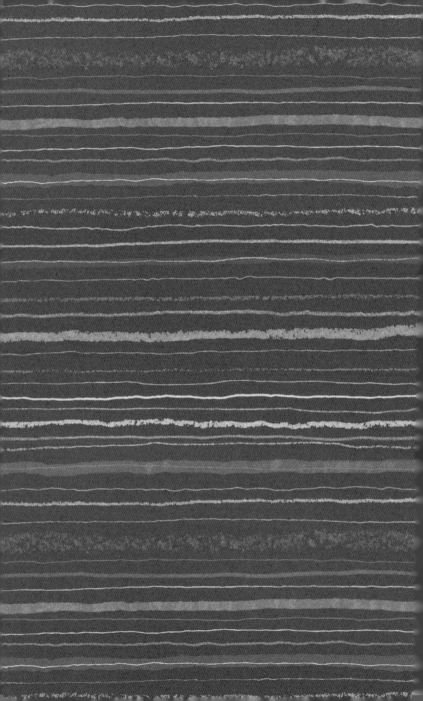

글로
써 놓으면
남는다

홍 지 원

일상의 반짝이는 순간을 글에 담고 싶은
경력 보유 엄마

둘째가 어린이집을 가고 보니 어느새 직장을 그만둔 지 10년이 지나 있었다. 아이들 키우면서 이 시간을 잘 보내고 나면, 이제 뭘 해야 할지 알 수 있을 거라는 기대가 있었다. 그런데 10년이 지난 후 보니 딱 일을 그만두었을 때의 그 자리였다. 다시 원래 했던 일을 하자니 싫었고 다른 분야로 가자니 그만큼의 대우나 보수를 보장받지 못할 것 같았다. 하나 더해져 이제는 원래 분야에서 받아줄지도 모를 일이었다.

아이들과 매일 잘 지내고 있다 다시 일하려 마음먹으니 경력단절이 되어 있어 어리둥절하다는 얘기를 노트에 썼다. 다시 막막해진 시간에 아이를 키우며 써 놓은 글들을 읽다 보니 반짝이는 순간들이 많았다. 글로 담긴 어디에도 '단절'이라는 말이 놓일 자리는 없다. 글을 쓰는 사람으로 살길 잘했다는 생각이 들었다.

　내가 글을 쓰게 된 계기는 대학 때였다. 입학한 해가 아이엠에프가 터진 다음 해였다. 신입생 환영 자리마다 이전 해와 비교됐다. 활개를 펴고 날아가려는데 다시 움츠리게 만드는 분위기였다. 짜인 대로 생활하다 갑자기 혼자 감당해야 하는 시간이 많아졌다. 그중 공강 시간이 제일 난감했다. 노래방도 한두 번이지 재밌지가 않았다. 캠퍼스를 어슬렁거리다 도서관에 가기 시작했다. 앉으면 졸길래 서가를 다니며 책등의 제목을 읽었다.

　그러다 『아주 특별한 즐거움』이란 책을 만났다(이 책은 이후 『아티스트 웨이』라는 제목으로 다시 나왔다). 책에서는 창조성을 깨우는 방법으로 '모닝페이지'를 제시했다. 모닝페이지는 아침에 일어나자마자 노트에 3페이지 이상 뭐든 쓰는 것이다. 뭐든 떠오르는 대로 의식의 흐름을 그대로 써보며 내면의 소리와 만나는 것이었다. 뭘 어떻게 보내야 할지 모르겠는 당시 기분을 모닝노트에 마음껏 쓰고 나면 좀 나아지는 듯했다.

공강 시간에 다들 어디 갔나 두리번거릴 땐 나만 잘 지내지 못하는 것처럼 느껴졌는데 저자가 말하는 '나와의 데이트 시간'을 확보하라는 말에 나는 혼자 글을 쓰고 혼자 걸었다. 그러는 동안 들끓던 생각이 가라앉고 감정이 찬찬히 소화되었다.

1년을 휴학하고 대학원까지 마치느라 사회에 나오는 것이 다른 친구들에 비해 늦었다. 졸업하면서 이력서를 쓴 것은 100장쯤 되지 않을까. 어렵사리 대기업 공채에 붙어 사회생활을 시작했다. 입사 이듬해에는 대학 신입생 시절부터 사귄 애인과 결혼도 했다.

회사는 바빴다. 웹페이지 만드는 일을 했는데 어려웠다. 해외 80여 개 법인에서 사용하는 시스템은 어디서든 문제가 생겼다. 페이지를 수정하거나 추가할 때마다 긴장되었다. 점점 어깨에 곰 한 마리를 얹고 다니는 것 같았다. 스트레스를 먹는 것으로 풀다 보니 몸무게는 최고치를 경신했다. 버티고 버티다 입사 3년차가 되었을 때 이직했다.

스트레스 관리가 필요했다. 검색해서 법당에 찾아갔다. 저녁 시간에 갈 만한 불교대학 소개를 듣고 나오는데 '백일출가' 포스터가 눈에 보였다. 그걸 보니 이직하는 김에 좀 쉬어가고 싶어졌다. 도대체 나만 왜 이렇게 힘들게 사는지 알고 싶었다. 백일은 나를 돌아보며 쉬기에 충분한 시간으로 여겨졌다.

남편은 다녀오라고 하면서도 꼭 가야 하냐고 물었다. 어딜 가도 반복될 것 같은 내 인생을 한 번은 돌아보고 싶다고 남편을 설득했다.

내가 들어간 수련원에는 휴대폰도, 책도 반입이 안 됐다. 새벽부터 일어나 예불하고 절하고 밭일을 하고 밥을 지었다. 그렇게 종일 몸을 쓰고 저녁에 스크린 앞에 앉으면 스무 명 남짓한 동기 대부분이 졸았다. 나는 늘 깨어 있는 두 명 중 하나였다.

나는 두툼한 노트 3권을 가져갔었다. 책은 안 돼도 노트는 갖고 들어갈 수 있었다. 노트에 강의 내용을 적었다. 손으로 쓰면서 들을수록 더 집중되고 정신이 팽팽해졌다. 50일이 넘어가면서 본격적으로 노트를 쓰기 시작했다. 그 안에서도 며칠간의 집중 수련 기간에는 일하지 않고 수련만 했다. 쉬는 시간에는 툇마루에 누워 하늘을 봤다. 함께 수련 중인 동기들의 가슴에 품고 살아온 질문과 답을 떠올렸다.

진행자가 사물이나 사건을 다른 관점으로 보게 해 주는 예들이 귀하고 아름다웠다. 그런 말들을 노트에 옮겼다. 생각한 대로 살아지지 않아 괴로웠는데 사람은 마음대로 산다는 것을 배웠다. 그래서 나를 알려면 마음을 잘 살펴야 한다고 했다. 그때부터 내 마음에 초점을 맞춰 쓰기 시작했다. 어느새 어깨에 올라타 있던 곰 한 마리가 사라지고 없었다.

백일출가를 다녀와서는 손바닥에 잡히는 긴 스프링 노트를 들고 다니는 습관이 생겼다. 공양간에서 일하면서 식사재료나 식사 당번을 챙기기 위해 쓰던 것인데 금방 지나가 버리는 느낌이나 생각을 적기 좋았다.

아이가 태어나고 남편이 다니던 회사가 합병되면서 남편은 여주로 발령났다. 차가 막히는 시간을 피해 집에서 새벽 5시에 나가기 시작했다. 한밤에도 두 시간마다 깨어 우는 아이를 달래다 젖을 먹이다 남편이 현관문을 닫고 출근하면 섬에 오롯이 남는 기분이 들었다. 그러면 그 기분을 노트에 남겼다.

남편은 한직으로 밀려간 곳이라 일이 없어 정시에 퇴근했다. 6시에 여주에서 출발하면 8시에는 집에 돌아왔다. 아이와 종일 둘이 지내다 남편 퇴근 시간이 되면 현관밖에 들리는 모든 발자국 소리에 귀가 쏠렸다. 나는 용케도 남편의 발자국 소리를 구분할 수 있었다. 그런 내가 신기해 그 순간도 잊기 전에 글로 남기려 노트로 뛰었다.

큰아들이 열 살이 되어 슬슬 자기주장이 강해지기 시작했을 때 아이와 함께 산에 갔다. 다녀와서는 아들과 산행을 하며 나눈 얘기들을 글로 남겼다. 매번 등산기를 썼을 뿐인데 시간이 지나 쌓인 글을 보니 그 안에 아들이 커가는 모습이 담겨 있었다. 그 아이가 지금은 커서 열네 살이 됐다. 지금은 큰아들과 초등학교 1학년인 딸과 함께 산을 다닌다.

딸은 산에 가는 걸 싫어한다. 이렇게까지 싫어하는 애를 데리고 다닐 필요가 있을까 싶을 정도다. 큰아들도 마찬가지였다.

그동안 차곡차곡 써놓은 글에는 아들의 변화가 담겨 있다. 가기 싫어하던 아들은 어느 틈엔가 산에 다녀온 게 자랑으로 변했다. 딸에겐 언제 그 변화의 시기가 찾아올까 궁금하다. 꾸준히 뭔가를 써놓고 보니 그것이 내 삶의 기록이 되었다.

2장

나, 그리고
내 안의 또 나

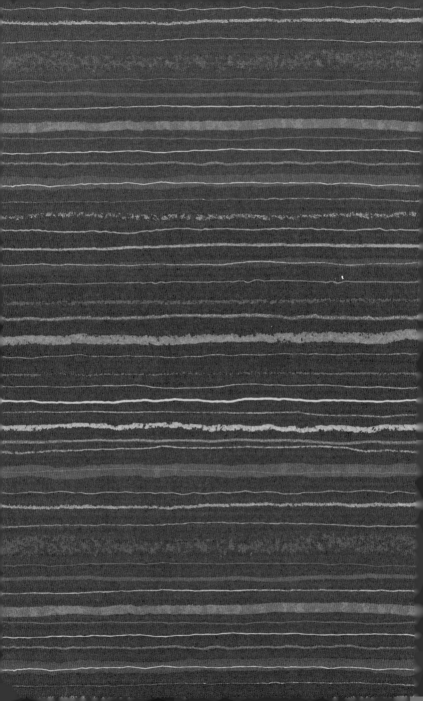

오지 않는
버스를 위해

강 인 성

적당히 느긋하다가도 글 쓸 때만큼은 진지한
철학하는 사람

산티아고 순례길을 그만 걷기로 한 건 200km를 걸은 지
점인 아조프라라는 마을에서였다. 티눈! 지간신경종! 물집!
그리고 아킬레스건염까지. 이것들 하나하나가 내게 준 통증
을 다 말하려면 하루 종일도 할 수 있다. 무엇보다도 가장 별
거 아닌 듯한 물집이 준 충격은 대단했는데, 양쪽 발바닥에
생긴 500원짜리 크기의 물집이 생긴 날 이후로는 한 걸음
한 걸음이 고문과 같은 시간이었다. 그 물집의 통증에 적응
될 때쯤 이것도 견뎌보라며 아킬레스건염이 왔고, 그 녀석
은 내 가방의 조개를 내려놓게 하기에 충분했다.

아조프라는 대도시인 로그로뇨로부터 35km 떨어진 마

을로 순례길 중 들른 마을 중에서도 손에 꼽게 작은 시골 마을이었다. 집으로 돌아가기 위해선 다시 로그로뇨로 돌아가 버스를 타고 마드리드를 가야 했다. 문제는 그 마을이 버스 한 대 지나지 않는 시골이란 것이었다.

찾고 찾아 그곳에서 8km 떨어진 산 아순시오라는 마을에서 로그로뇨로 가는 버스를 탈 수 있다는 걸 알게 되었다. 순례자에게 8km는 눈 깜짝할 사이에 걸어서 도착하는 거리다. 내일 아침 일찍 걸어가기로 한 후 홀가분한 마음으로 잠을 청했다.

다음날. 7시에 일어나 단정히 세안 후 모든 짐을 챙겼다. 10일 전 출발지인 프랑스 생장에서 가져온 조개만을 빼고. 낡고 좁은 침대 위에 덩그러니 놓은 조개에게 고마움과 미안함을 담아 작별 인사를 한 후 조용히 알베르게를 빠져나왔다.

구글 지도에 나온 대로 10시 버스를 타려면 부지런히 움직여야 했다. 방향을 확인한 후 걸음을 내딛는 그때, 왼쪽 아킬레스건에서 놀라운 통증이 느껴졌다. 아킬레스건이 마치 얼어버린 고무줄처럼 내 발목을 붙잡고 있었다. 오른발에선 미처 다 아물지 않아 벗겨진 물집이 느껴졌다. 이대로

는 8km는 고사하고 1km도 걸을 수 없었다. 방법을 찾아야
했다.

절뚝거리며 대로변으로 나가 보니 어제는 못 봤던 버스
정류장이 보였다. 기대는 없었지만 가보지 않을 수 없었다.
그리고 그곳에 로그로뇨로 가는 버스의 시간표가 붙어 있
었다. 감사합니다, 하느님! 신께 감사한 마음이 어찌 안 들
수 있을까! 시간표대로라면 버스는 한 시간 후인 8시 30분
에 올 것이다. 느긋한 마음으로 커피와 빵을 먹으며 기다리
기로 했다.

한 시간 후. 버스는 오지 않았다. 신께 드린 감사를 취소
해야 하나 고민을 하다 아직은 그러지 않기로 했다. 현재
시각은 9시. 이대로면 산 아순시오에서의 버스도 놓치게
생겼다. 급한 대로 다시 절뚝이며 마을 안으로 돌아갔다. 아
까 카페 근처에서 혹시 몰라 봐둔 전봇대에 적혀 있던 택시
번호가 떠올랐지만 또 다른 난관이 있었다. 내 핸드폰이 로
밍 문제로 인터넷은 되지만 전화가 되지 않는다는 거였다.

5분의 망설임 끝에 지나가는 순례객에 부탁해 보았지만
그 역시 통화가 되지 않았다. 신이시여! 더이상 물러날 곳
은 없었다. 이번에는 망설임 따위 없이 카페로 들어가 주인

장에게 부탁했다. 다행히 그 주인장은 짧은 영어가 가능했다. 그녀는 흔한 부탁이라는 듯 흔쾌히 택시를 불러주었다. 드디어 로그로뇨로 갈 수 있는 한 줄기 희망이 보였다.

비록 8km밖에 안되는 거리를 30유로(한화로 4만3천 원)로 왔지만, 일단은 산 아순시오에 왔다는 것만으로 기뻤다. 택시에서 내려 떨리는 손으로 30유로를 낸 후 주변을 둘러봤다. 기쁨은 이내 걱정으로 바뀌었다. 산 아순시오는 방금 떠나온 아조프라보다도 작고 조용한 마을이었다. 아조프라에도 없는 버스가 이곳에 있다는 게 믿기지 않았다.

버스 정류장에는 작은 바bar가 있었다. 바 안에는 마을 사람 몇이 커피와 빵을 먹으며 담소를 나누고 있었고 여주인장은 능숙하게 커피를 내리고 빵을 덥히고 있었다. 아무래도 찜찜했던 나는 주인장에게 다가가 버스에 관해 물어봤다. 물론 구글 번역기를 이용해서.

'혹시 로그로뇨로 가는 버스가 몇 시에 오나요?'라고 적힌 내 핸드폰을 바라보던 여주인장은 무심한 듯 아주 짧은 영어로 대답했다. "일레븐." 10시 버스로 알고 있었는데 11시 버스였다. 갑자기 늘어난 버스 시간에 맥이 풀려 버렸다. 그와 동시에 배에서 꼬르륵 소리가 났다. 이왕 이리된 거

여주인장의 친절에 보답도 할 겸 샌드위치와 커피를 마시며 기다리기로 했다. 만든 지 오래돼 보인 샌드위치가 의외로 맛있어 한결 기분이 나아졌다.

11시. 버스는 오지 않았다. 축구 유니폼을 입고 온 꼬맹이들이 있어 함께 로그로뇨로 가는 것인가 했지만, 그 아이들은 누군가의 차를 타고 훌쩍 떠나버렸다. 11시 10분이 돼도, 15분이 돼도 버스는 오지 않았다. 도대체 나는 어떻게 되는 걸까. 할 수 있는 거라곤 멍하니 핸드폰을 보다 휙 하고 버스정류장을 보고, 다시 멍하니 바닥을 보다 휙 하고 버스정류장을 보는 것뿐이었다.

시간은 어느덧 12시. 이곳 산 아순시오에서 고작 2시간밖에 있지 않았지만 마치 무한히 긴 시간을 보낸 기분이 들었다. 정해진 시간을 기다리면 되었던 지금까지 기다림과는 질적으로 달랐다. 그 어떤 정보도 없는 스페인의 작은 마을에서 언제 올지 모르는 버스를 기다리는 그 시간은 정말이지 한 시간이 하루처럼 길게 느껴졌다.

멍하니 정류장을 바라보던 그때, 웬 할아버지 한 분이 내게 말을 걸었다. 내가 커피와 샌드위치를 먹을 때부터 친구들과 와인을 마시던 할아버지였다. 조금 굽은 등을 끌고 오신 할아버지의 깊은 주름 사이로 걱정스러움이 묻어 나왔다. 나는 할아버지에게 미소로 인사했지만 슬프게도 알 수 없는 스페인어가 내게 쏟아졌다. 그 누구와도 대화가 불가능한 마을에서의 방황이란! 내가 할 수 있는 말은 오직 "로그로뇨! 버스!"뿐이었다.

내 말을 이해한 할아버지의 눈에서 슬프지만 도와줄 수 있는 게 없다는 안타까움이 느껴졌다. 그 눈을 읽은 나는 괜찮다는 신호를 보냈다. 잠시 주변을 살피던 할아버지는 내게 손짓으로 바에 들어오라 하였다. 나는 어리둥절해하며 바로 들어갔다. 할아버지는 주인장과 몇 마디 말을 나누더니 내게로 돌아왔다. 그리곤 버스정류장이 가장 잘 보이는 창가 앞에 의자를 내어주었다. 여기에 앉아 차분히 기다리라는 뜻이었다.

의자에 앉아 창밖을 바라보았다. 여전히 버스는 올 기미가 없었다. 한숨과 함께 의자에 몸을 편히 기대고 웅크렸다. 바는 점심과 함께 술 한 잔씩 하는 사람들이 듬성듬성 있었다. 사람이 많지는 않지만 꽤나 활기찬 모습이었다. 11시에 버스가 올 거라면 여주인상은 나를 안중에도 두지 않고 열심히 술을 따르고 커피를 내렸다.

그런 그들을 보고 있자니 문득, 내가 보였다. 분명 어제는 자기 몸통만 한 가방을 멘 사람들과 인사하며 함께 길을 걷는 순례객이었는데 오늘은 놀랍도록 낯선 마을에 뚝 떨어져 오지 않는 버스를 기다리는 처지가 되었다. 낯선 마을만큼이나 내 모습도 낯설게 느껴졌다. 이방인이라고는 온 적 없는 스페인의 작은 마을에서 언제 올지 모르는 버스를 기다리는 작고 이상한 동양인. 그게 나였다.

바 안을 둘러보다 의자를 건네준 할아버지와 눈이 마주쳤다. 할아버지는 다시 친구들과 함께 앉아 화이트와인을 홀짝이며 수다를 떨고 있었다. 그 수다엔 아마 나에 대한 이야기도 있었으리라. 눈이 마주친 나는 미소 지으며 엄지손가락을 올렸다. 그러자 할아버지는 한 손을 가슴에 올려 내 미소에 대답했고 양손을 올려 내게 차분히 기다리라는 손짓을 했다. 마음이 편안해졌다. 어쩌면 버스가 오지 않아 이 마을에서 하루 머무르게 되어도 나쁘지 않겠다는 생각이 들었다.

시간은 오후 2시. 이제는 정말로 버스가 안 올 수도 있겠다는 생각이 들 때쯤, 버스가 왔다. 나는 깜짝 놀라 벌떡 일어났고 나도 모르게 할아버지를 쳐다보았다. 할아버지 역시 깜짝 놀라 벌떡 일어나 있었다. 나는 할아버지에게 환한 미소를 보냈고 급하게 가방을 챙겨 버스로 달려갔다. 할아버지 역시 밖으로 따라 나왔다. 버스에 타기 전 로그로뇨로 가는 버스가 맞냐 물었고 맞다는 대답을 들었다. 그리고 정말 마지막으로, 밖으로 나온 할아버지를 바라보았다. 할아버지는 정말 다행이라는 듯 가슴에 손을 얹은 후 내게 손을 흔들어주었다. 그런 할아버지에게 나는 꾸벅 인사를 했다. 이제는 정말로 집에 갈 시간이었다.

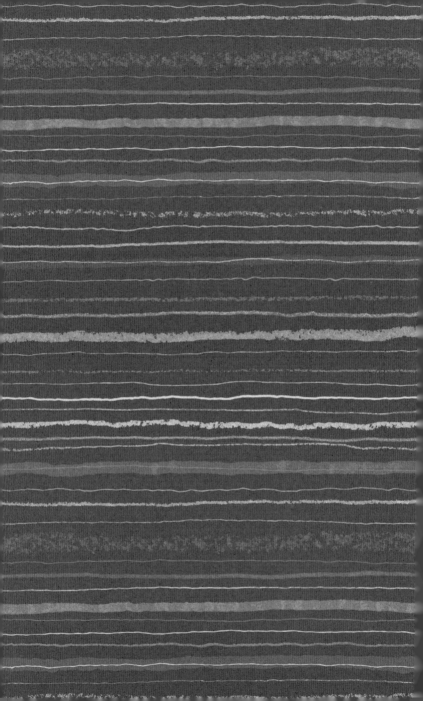

장마를 대하는 가드너의 자세

구 선

우울증 걸린 정원사

많은 사람이 정원에 아나벨수국을 심는다. 아나벨수국은 미국수국이라고도 하는데 6월에 피는 커다랗고 동그란 꽃 때문에 사랑을 받는다. 완전히 자라면 키가 2미터 정도이고 폭도 1미터가 넘는다. 큰잎수국이 꽃을 많이 피우지 않는 중부지방에서 동그란 꽃이 수십 개 피어난 아나벨은 가드너의 아쉬움을 달랠 수 있을 만큼 충분히 매력적이다.

내 정원에도 아나벨이 있다. 3년 전에 저렴하게 들여 집 뒷마당에 심은 여섯 주 중에 물길에 심은 한 주는 죽고 두 주는 상태가 그리 좋지 못하다. 나머지 세 주는 잘 자랐다. 안방 드레스룸 창문을 가리려고 심은 아나벨은 이미 키가

1미터 넘게 자라 내후년에는 충분히 제 역할을 할 수 있을 것이다.

다른 화단에도 흰색, 분홍색, 키가 원래 작은 왜성종 등 다 합치면 열 주가 넘는 아나벨이 있다. 이번 달에도 셋을 더 들였다. 아직 나무가 어려서 꽃이 작은 것도 있지만 동그랗고 큰 꽃이 가득 핀 정원을 상상만 해도 눈이 시원해지는 것 같다.

병도 없고 어느 정도 성숙하면 크게 신경 쓰지 않아도 잘 자라지만 이 나무에는 극복할 수 없는 문제가 있다. 비가 내리면 커다란 꽃이 물에 젖어 고개를 숙인다. 큰 꽃이 달린 가는 가지는 다 꺾인다. 그래서 비 소식이 있으면 모두 아나벨이 넘어지지 않도록 묶어준다. 꽃이 가장 예쁜 6월 말은 장마 기간이다. 아무리 잘 묶어두어도 모든 꽃을 살리는 것은 불가능하다. 소셜미디어 속 가드너들은 자신만의 방법으로 꽃이 꺾이지 않도록 묶거나 아예 큰 꽃을 잘라 화병에 꽂는다.

나는 비를 싫어한다. 축축한 공기도 싫고 흐린 하늘도 싫고 신발이 젖어 발이 꿉꿉해지는 것도 싫다. 빗소리는 마음을 불안하게 한다. 빗소리에 잠을 설치고 우울증도 심해진다. 될 수 있으면 장마 기간 내내 집안에만 있는다.

작년까지 장마 소식이 들리면 정원에 나가지 않았다. 모두들 쓰러질 만한 초화류를 묶어주고 수국을 지지대에 고정하고 물이 넘칠 만한 곳을 정비하는 동안 나는 이미 우울증에 빠져 있었다. 나 하나 건사하기도 힘든데 꽃이야 눕든 말든 내가 상관할 바가 아니었다. 큰비가 지나고 난 후에 꺾인 꽃은 잘라내면 그만이었다. 나는 식물을 사랑하는 게 아니라 정원을 사랑하는 거라는 궤변만 늘어놓았다. 꽃이 다 꺾이면 버리고 다시 심으면 되는데 애지중지 꽃을 모시고 사는 게 이상해 보였다.

이 마음이 조금 바뀐 것은 겨울을 난 숙근초들을 처음으로 보았을 때부터였다. 장마와 겨울을 잘 지낸 초화들이 덩치를 키우고 새순을 올린 모습이 경이롭게 느껴졌다. 다 자라면 키가 얼마나 크고 폭이 얼마나 번지는지도 모르고 심었다가 한쪽은 서로 힘겨루기를 하느라 못 자라고 다른 쪽은 앞쪽에 심은 초화가 뒤에 심은 나무까지 가리는 사태가 벌어졌다. 한여름에 자리를 옮기다가 죽이기도 하고 내년 봄에 옮겨야지 생각했다가 잊어버리기도 했다. 장마 기간에 옮기면 뿌리도 잘 내리고 적응도 잘하는데 모르는 척했다.

정원을 가꾸기 시작하고 네 번째 장마를 맞는 올해는 3년간의 약물치료로 나의 상태가 안정되기도 했고 더 미룰 수 없는 일도 많아졌다. 내 눈높이까지 커버린 하스타타 마편초 때문에 주위 장미가 무릎 크기밖에 못자라고 있는 것이 거슬렸다. 2년 전에 작은 모종으로 심은 숙근 캐모마일은 옆에 심은 루이지애나 은쑥과 장미 사이로 퍼져 뒤엉켜 자라고 있었다. 키가 작은 초화만 모아 심은 화단에 혼자 키 크게 서 있는 키큰바람꽃도 어울리지 않았다.

'장마가 시작되면 다 옮겨야지.'

올해의 나는, '9월이 되면'이 아니라 '장맛비가 오면'을 되뇌고 있었다.

'나는 나아지고 있는 거야. 이제 비가 와도 우울하지 않을 거야.'

지난주부터 계속 지켜보고 있던 날씨 앱에서 내일 새벽부터 비가 온다는 예보를 확인했다. 오늘 마음먹은 일을 다 하면 나머지 일은 장맛비에 맡기면 된다.

아침에 나가 라임리키 아나벨을 심었다. 장마에 넘어지지 말라고 일부러 작은 꽃이 많이 핀 개체를 선택해서 데려왔다. 꽃이 라임색으로 피고 수술이 분홍색이라 색상이 오

묘하다. 무엇보다 벌들이 좋아한다. 구덩이를 크게 파고 물을 흠뻑 주고 심었다. 큰잎수국은 화단에서 파내어 화분으로 옮겼다. 정원에서 꽃을 보다가 겨울이 되면 덜 추운 곳으로 옮겨 키우기 위해서이다. 겨우 한 시간 일했는데 머리카락과 얼굴이 땀범벅이 되었다. 샤워를 했다. 나머지 일은 저녁에 해야겠다고 생각하다 잠이 들었다.

긴 낮잠을 자고 날이 시원해지길 기다렸다. 7시 반쯤 정원에 나갔다. 키 큰 하스타타 마편초 두 포기는 장미 뒤로, 한 포기는 키 작은 안개나무와 올해 부쩍 키가 커진 바이텍스 사이에 심었다. 그 자리에 있던 키 작은 뱀무 여섯 포기는 키 큰 안개나무 앞으로 옮겼다. 키큰바람꽃 두 포기도 바이텍스 앞으로 옮겼다. 옮기다 뿌리가 분리되었는데 잘 자랄지 걱정이다.

매일 따 먹을 거라며 현관 앞에 심은 블루베리 나무는 올해 과실을 다섯 개 맺었다. 봄에 가지치기를 잘못해서 꽃이 피지 않았다. 캐서 화분에 심고 블루베리용 상토를 주문했다. 가침박달나무를 그 자리로 옮겼다. 장미를 괴롭히던 캐모마일은 셋으로 나누어 하나는 이웃에게 선물했고 하나는 하스타타 마편초 자리에, 나머지 하나는 가침박달나무

옆에 심었다.

어제 산 새 파라솔을 접었다. 바람도 불 것이라는 예보 때문이었다. 원래 사용하던 파라솔이 바람 때문에 꺾여 부러졌기 때문에 신경이 쓰였다. 커버도 씌웠다. 나무 의자는 접어서 테이블에 기대 세웠다. 물이 고일 만한 바구니는 모두 창고에 넣고 하나만 꺼내 두었다. 밤새 비가 얼마나 내리는지 내 눈으로 확인하고 싶었다.

삽과 모종삽도 제자리에 넣었다. 또 뭘 더 해야 하나 정원을 둘러보았다. 아나벨을 묶지 않았다. 지난주 비 내릴 때 살짝 묶었는데도 이미 고개를 숙인 꽃도 있었다.

'나도 이 장마를 버틸 테니, 너도 버텨주렴.'

집으로 들어온 나를 보고 남편이 말했다.

"생각보다 일찍 들어왔네. 일 많이 했구나. 옷이 땀에 다 젖었어. 괜찮아?."

"새벽에 비 안 오면 화날 것 같아."

내 대답을 들은 남편이 웃었다.

오늘 밤은 빗소리가 들리지 않으면 잠이 오지 않을 것 같다.

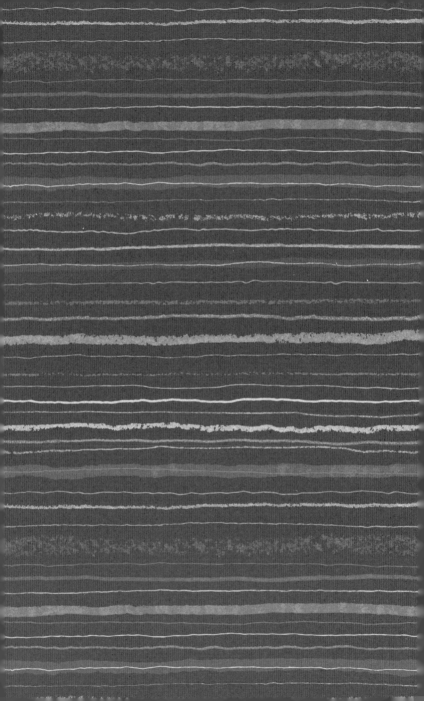

피라미와 까치

김 선 희

재미난 일을 꾸미느라 바쁜 낭만주의자

며칠 비가 아주 많이 내렸다. 뉴스에서는 102년 만의 폭우라 했다. 바깥 공기에 실려 습한 기운이 집 안으로 들어왔다. 맨발이 방바닥에 끈적끈적하게 달라붙었다. 책상 위에 놓인 잡지는 겉장이 휘어져 말아 올라갔다. 습기를 막으려고 바깥쪽 베란다 문까지 모두 닫았다. 베란다 문을 닫자 요란한 빗소리가 들리지 않았다.

거실에서 베란다 창을 통해 밖을 바라봤다. 빗물이 유리창을 타고 방울방울 흘러내렸다. 나무들이 비바람에 흔들렸다. 아파트 건물 사이로 보이는 하늘에 시커먼 구름이 빠르게 지나갔다. 소리 없는 동영상 같았다.

비 때문에 며칠 산책을 못했다. 집 앞에는 작은 개천이 흐른다. 이쪽에서 저쪽까지 열 걸음도 안 되는 작은 개천이다. 개천 옆으로는 산책로와 자전거 도로가 나 있다. 날씨가 좋으면 거의 매일 산책한다.

산책로를 따라 2, 30분쯤 떨어진 곳에 커다란 쇼핑몰이 있다. 쇼핑몰까지 걸어갔다 오면 7,000보 정도 걸을 수 있다. 움직이기 귀찮은 날에는 다음 날 아침으로 먹을 식빵이나 다 떨어진 스킨을 사야지 하고 일부러 나가야만 하는 이유를 만든다.

억지로라도 나가면 움직여야겠다는 생각이 되살아난다. 계절에 따라 모습을 바꾸는 나무와 꽃이 있어서 그런가? 졸졸 소리를 내며 흐르는 물 때문인가? 개울을 터전으로 살아가는 동물들 때문인가? 살아있고 숨 쉬는 것들의 생기가 나한테도 전염이 되는 것 같다.

개천에는 청둥오리, 왜가리 같은 새가 살고 있다. 한번은 산책하며 청둥오리의 수를 세어 본 적이 있는데 백 마리가 넘었다. 피라미도 많다. 가끔 물가에 서서 잠자리채로 피라미를 잡으려는 꼬마를 만나기도 한다. 딱 한 빈 바위에 앉아 있는 자라도 봤다.

산책로에는 '주의 뱀 출몰지역'이라는 표지도 있다. 실제로 뱀을 두 번이나 봤다. 첫 번째는 물살을 거슬러 가려고 기를 쓰는 검은 빛의 뱀이었다. 산책하던 사람들이 하나둘 모여 구경했다. 두 번째는 풀숲으로 들어가고 있는 뱀의 꼬리였다. 갈색 몸통에 점박이 무늬가 있는 가늘고 긴 꼬리가 풀숲으로 사라졌다.

나는 빗줄기가 가늘어지기를 기다렸다. 얼마 후 나갈 만한지 창문을 열고 손을 내밀어보았다. 빗줄기가 가늘어졌다. 우산을 들고 집을 나섰다. 비는 여전히 부슬부슬 내렸지만 쏟아부을 만큼 쏟아부었는지 공기는 상쾌했다.

아파트 정문을 지나 횡단보도를 건너 개천 위를 가로지르는 다리 위에 섰다. 평소에는 물 아래 개울 바닥이 훤히 들여다보였다. 떼 지어 가는 피라미도 보였다. 하지만 며칠간 내린 비로 물은 인도 높이까지 불어 있었고 물빛은 온통 황토색이었다. 거친 물보라를 일으키며 빠르게 흐르는 물줄기는 숲속 폭포처럼 시원해 보였다.

보행자의 진입을 막는 노란색 끈이 여기저기 쳐 있어 개울가로 내려갈 수 없었다. 그래서 4차선 도로 옆의 인도를 따라 산책했다. 도로 옆 인도에서도 개울을 내려다볼 수 있다. 산책로에는 길쭉한 나뭇잎들이 여기저기 떨어져 있었다. 굵은 빗줄기를 맞고 떨어져 나간 것 같았다. 물이 인도 쪽으로 넘쳤었는지 토사가 산책로에 군데군데 쌓여 있었다.

폭우의 흔적들을 보며 걷고 있는데 까치로 보이는 새 두 마리가 산책로 위에 내려와 앉았다. 첫 번째 새가 바닥에 있는 나뭇잎을 부리로 물고 잎이 우거진 나무 속으로 사라졌다. 새가 나뭇잎을 왜 주워갈까 이상하다 싶었는데 두 번째 새를 보고 나는 그것이 나뭇잎이 아니라 피라미라는 것을 알았다.

넘치는 개울물에 휩쓸려 산책로까지 넘어왔다가 미처 개울로 돌아가지 못한 피라미였다. 산책로 위에 내팽개쳐진 피라미는 아가미를 힘껏 벌리고 떨어지는 빗방울을 빨아들이려 가쁜 숨을 쉬었겠지. 그러다 빗줄기가 가늘어지자 더이상 숨을 쉬지 못했을 테고. 그리고 새의 먹이가 되었을 것이다.

까치는 폭우 속에서 먹이를 찾기 힘들었을 것이다. 그런데 바닥에 가만히 떨어져 있는 은빛 피라미를 보았고 그 피라미를 주워다 고픈 배를 채우고 새끼들도 믹었을 것이다. 피라미는 물 밖으로 끌려 나와 허무하게 죽었고 새는 사냥을 못했지만 어떻게든 살아졌다.

나는 산책로 바닥을 여기저기 눈으로 훑으며 피라미가 또 있는지 찾았다. 비에 젖은 나뭇잎이 반짝거려 은빛 피라미와 잘 구분이 안 됐다. 잠시 우렁찬 물소리를 듣다 느릿느릿 집으로 돌아왔다. 운이 나쁜 피라미와 운이 좋은 까치를 생각하며.

현관에서 젖은 발을 닦고 냉장고에서 커피를 꺼내는데 번쩍하고 번개가 쳤다. 다시 베란다 창가로 가서 이번에는 아파트 건물 사이의 하늘에서 번개 모양이 나타나길 기다렸다.

피라미와 까치의 운명에서 나는 세상이 돌아가는 모습을 보았다. 가차없기도 하지만 막막한 가운데 살아갈 방법이 생기기도 한다. 나에게도 마찬가지겠지. 때로는 피라미 같은 신세가 때로는 까치 같은 행운이.

처음으로 상황이 주어지는 대로 따르며 사는 것도 괜찮을 것 같다는 생각이 들었다. 처음 느끼는 기분이었다. 따르는 삶이 괜찮을 수도 있다는 생각이 들다니. 내가 나이를 먹은 것인가?

나는 난생처음 느껴본 그 마음을 어두운 하늘을 가르는

번개 사진으로 담아놓고 싶었다. 멀리서 계속해서 우르릉거리는 소리가 들리고 약한 빛이 번쩍였다. 하지만 내가 원하는 완벽한 번개 모양은 나타나지 않았다.

비는 다시 세차게 내리기 시작했다. 유리창에 매달린 물방울들 때문에 바깥 풍경이 일그러져 보였다. 문을 닫고 에어컨을 틀자 방바닥도 더이상 끈적이지 않았다. 집안은 조용했다. 멀리서 으르릉대는 천둥소리만 낮게 들려왔다.

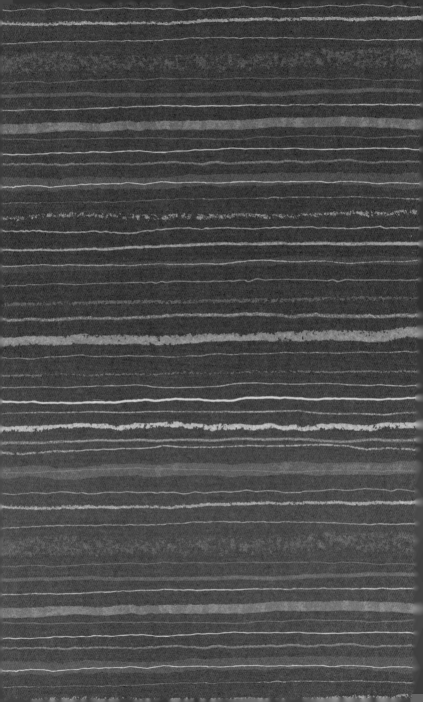

빛나는 순간들

김 태 곤

삶의 가치를 탐구하는 행동가

새벽 4시 10분, 눈을 떴다. 엎드려 잠을 자서 그런지 볼에 침이 묻었다. 손등으로 훔쳤다. 천장을 바라보고 똑바로 누웠다. 반바지만 입고 자서 그런지 서늘한 공기가 온몸을 감쌌다. 이불을 발로 차며 쭉 펴서 목까지 덮고 다시 눈을 감았다.

내 뒤척거림에 옆에 있는 아내가 벽 쪽으로 몸을 돌아누웠다. 설핏 잠이 들었다 깨니 창문으로 빛이 들어왔다. 천장에 붙어 있는 부엉이 모양의 야광 스티커가 눈에 띄었다. 아내가 내 쪽으로 몸을 돌렸다. 나도 아내 쪽으로 몸을 돌렸다. 아내는 새근새근 아기처럼 잠을 잔다. 나는 천천히 그녀를 살펴봤다.

긴 생머리는 실크처럼 부드럽게 흐르고, 피부는 희다. 넓은 이마는 도자기처럼 매끈하다. 창가로 들어오는 새벽빛이 조명처럼 비쳐 얼굴이 더욱 빛이 났다. 무성한 속눈썹은 숨을 쉴 때마다 미세하게 움직이고, 콧대는 아름답다.

도톰한 입술은 그녀의 포인트다. 아랫입술이 더 도톰해서 결혼 전 그녀와 이야기할 때마다 입술에 시선이 빼앗기곤 했다. 그렇게 입술을 한참 보고 있다가 갑자기 궁금해졌다. 이 아름다운 여자가 왜 나와 결혼한 거지?

아내는 아직 젊고 예쁜 20대다. 그리고 나는 40대. 그녀는 내게 무슨 매력이 있어 날 선택한 걸까? 노총각이라 불쌍해 보였나? 아니면 얼굴이 잘생겨서? 말을 잘해서? 가진건 하나 없는데. 이것저것 생각해 봐도 특별한 이유를 찾을수가 없다. 결혼하기 전 아내에게 물어봤지만 정확한 답은 못 들었다.

그럼 난 왜 이 여자와 결혼했을까? 젊고 예뻐서? 말이 잘 통해서? 착해서? 이유는 여러 가지다. 가장 큰 이유는 그녀와 있으면 마음이 편안하다는 것이다. 내가 생각과 마음속에 있는 이야기를 하면 그녀는 나를 항상 지지해주고,

응원해줬다.

나는 열여덟 살에 사회에 나왔다. 그녀를 만나기 전까지 나는 실패와 좌절을 겪었고, 그 모든 것들을 혼자 감내해야 했다. 그 누구에게서도 위로나 도움을 받지 못했다. 나를 유일하게 위로해준 건 바다뿐이었다. 내가 바다로 나가 배를 타는 이유는 사람에게 받을 수 없는 위로를 바다에서는 받을 수 있기 때문이었다.

그녀는 바다처럼 나를 안아줬다. 아버지가 병상에 누워 계시는 동안 주말마다 병원에 모시고 가야 할 때가 많았다. 육체적으로 정신적으로 힘들었다. 그때마다 그녀는 곁에서 나를 지지해줬다. 고마웠다.

특히 나를 온전히 믿는다는 사실을 깨닫는 순간 이 여자와 함께 살아가면 좋겠다고 생각했다. 결혼 전 나는 주식 투자 관련 공부를 하고 있었다. 당시 여자친구였던 아내도 함께 공부하면서 투자를 병행했다. 어느 날, 지금의 장인 장모 두 분이 모든 현금을 보험상품에 가입했다고 했다. 알아보니 이자가 1%밖에 안 되는 데다, 말 그대로 상해를 입거나 사망했을 때 돈이 나오는 상품이었다. 그렇다면 두 분은 노후에 무슨 돈으로 생활을 한단 말인가.

나는 그녀에게 보험을 해지하고 주식에 투자하자고 말했다. 그녀는 나를 믿고 그대로 실행했다. 나는 그 돈을 가치투자 자산운용사에 맡겨 이익을 냈다. 나를 믿지 않았다면 적잖은 돈을 그렇게 할 수는 없는 일. 그녀뿐만 아니라 장인 장모님도 마찬가지였다.

나는 아내의 이마에 가볍게 입술을 갖다 대고 침대에서 일어났다. 샤워 후 주방으로 가 생수 500리터를 주전자에 넣어 인덕션에 올렸다. 카모마일 티를 꺼내 유리컵에 담았다.

책상으로 가 노트북과 모니터를 뒤쪽으로 밀어 책을 읽을 공간을 만들었다. 그리고 왼편엔 워런 버핏 초상화가 나를 지켜보게 각도를 맞춰 놓았다. 워런 버핏이 나를 보고 있다고 생각하고 책을 읽으면 집중력이 올라간다. 이 방법은 행동을 유도하는 방법으로 운전할 때도 누군가의 사진을 붙여놓고 눈이 마주치도록 하면 전방주시나 졸음운전을 방지한다고 한다.

오늘 읽은 책은 이기주의 『마음의 주인』. 책을 노트북 받침대에 펼쳐 놓고 핸드폰 카메라를 켜서 동영상 촬영 기능으로 나를 비추도록 했다. 카메라에 시간과 날짜가 보이도록 촬영 모드로 해놓았다. 잠시 후 주방에서 물 끓는 소리가 났다. 나는 주방으로 가 카모마일이 담긴 컵에 물을 적당히 따르고 차가 잘 우러나도록 컵 손잡이를 위아래로 서너 번을 흔들었다. 컵에 있는 카모마일이 연한 갈색으로 변하면서 특유의 쌉싸래한 향기가 올라왔다. 나는 컵을 들고 책상으로 가서 의자에 앉았다.

따듯한 차를 한 모금 마시자 온몸에 따듯한 기운이 돌았다. 차를 마시듯 책 내용도 내 머릿속으로 잘 들어가길 바라며 책으로 눈을 돌렸다. 그러다 집중이 잘 안 된다 싶을 때는 책상 한쪽에 붙여둔 사진 속 버핏과 눈을 마주치며 "저 잘하고 있죠?"라면서 인사를 해야지, 생각했다.

『마음의 주인』은 우리 마음의 복잡함을 잘 이야기하고 있는 책이다. 책을 읽으면서 결혼을 했으니 그동안 나만의 생각에서 벗어나 가족을 포함한 우리를 먼저 생각해야 한다는 것을 다시 한번 깨달았다.

책에 집중하다 보니 순식간에 2시간이 지났다. 어느새 밖이 훤하고 안방에서 아내가 움직이는 소리가 들렸다. 잠시 후 아내가 나를 불렀다. 나는 안방으로 건너갔다. 그녀는 아직 비몽사몽 상태.

아내가 씻는 동안 나는 냉장고에 있는 사과, 키위를 깎아서 접시에 가지런히 담고 작은방 화장대에 올려놓았다. 아내는 화장을 하면서 과일을 한쪽씩 집어먹었다.

"우리 꽈니 씨, 정말 고마워!"

'꽈니'는 내 이름 끝자리에 억양을 넣어 그녀가 나를 부르는 애칭. 아내는 내 이름을 부르기보다 이런저런 애칭을 만들어 부르는데 나로서는 물론 그것마저 사랑스럽다.

출근 준비가 끝나면 우리는 같이 차를 타고 회사까지 간다. 사내 연애를 했고, 지금도 같은 직장을 다니고 있기 때문이다. 라디오에서 나오는 노래를 흥얼거리기도 하고, 라디오에서 나오는 이야기 혹은 소소한 것들을 이야기하다 보면 회사까지 가는 길도 금방이다.

이런 일상은 다른 사람에게 평범하고 특별한 일이 아닐 수 있다. 그러나 나는 이런 시간을 아주 오랫동안 상상만 했다. 마흔한 살에 결혼했으니 사실은 상상마저 희미해지고 있을 때였다.

지금은 옆에 소중한 사람이 생겼고, 상상했던 생활을 매일 하고 있다. 작고 사소한 것들이 빛나는 하루. 매일 하루를 빛나게 만들어 이 소중한 사람을 행복하게 해주고 싶다.

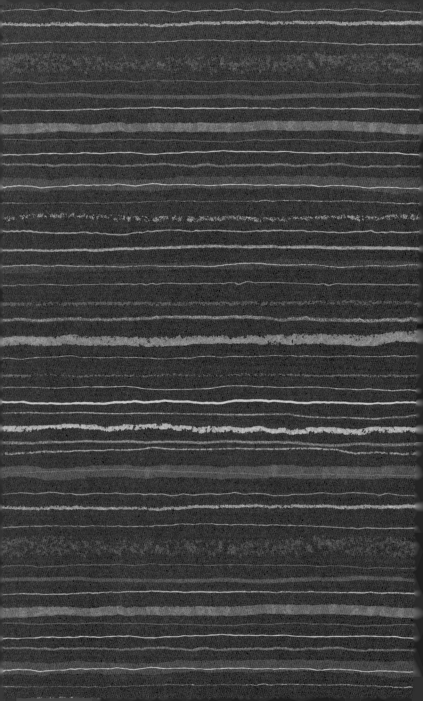

내가 발리에 온
진짜 이유

박 미 선

매 순간 발리의 파도와 태양 그리고 쌍무지개를
다시 만날 날을 꿈꾸는 자유로운 영혼

'발리에서 일주일만 타고 오면 서핑 실력이 확 늘어요!'

양양에서 서핑할 당시 캠프생이 말했을 때 솔깃했다. 당연히 처음 한 달간의 발리 여행을 계획할 때 서핑에 대한 기대와 욕심이 있었다. 떠나오기 전 서핑 입문 강사가 추천해준 발리의 한인 서핑샵에 14일 강습을 등록하고 그곳과 도보로 1, 2분 거리인 꾸따비치에 인접한 호텔을 예약했다.

강습은 발리에 도착한 다음 날부터 시작했다. 강습 일정은 하루 두 번, 새벽 6시 그리고 오후 1시 전후 각각 2시간 정도 진행되었다. 평균 2명당 1명의 현지 강사가 배정되었다. 오후 강습은 오전 강습 때 녹화한 영상을 보며 한국인 강사로부터 리뷰를 받은 후 다시 진행됐다.

2년 전 서핑에 입문했지만 직장을 다니다 보니 주말마다 가는 것이 여의치 않았다. 게다가 발리에 오기 전 6개월 동안 서핑을 한 번도 하지 못했다. 걱정이 될 수밖에 없었다.

첫 강습 후 영상을 보니 염려했던 대로 양발 간격이 좁았다. 그럼에도 용케 균형을 유지하며 타고 있었다. 강사는 예상했던 것보다 잘 탄다며 격려했지만 불안했다.

3, 4일이 지나도 내 실력은 원점에서 맴돌았다. 어쩌다 나름 잘 탔다고 생각했는데 막상 영상을 보면 여전히 양발 위치가 불안정하고 간격도 좁았다. 실망스러웠다. 잘못 굳어진 테이크오프 자세 때문이었다. 발리에 와서 테이크오프 자세부터 다시 고쳐야 한다는 생각에 힘이 빠졌다.

처음 며칠은 그동안 해왔던 자세로 어떻게든 타 보려고 했다. 그러나 기본이 무너진 상태에서 실력이 늘 수 없었다. 어쩔 수 없이 강습 전후 틈틈이 호텔 체육관에서 매트를 깔고 테이크오프 자세를 연습했다. 그렇다고 굳은 습관이 단 며칠 만에 바로 고쳐질 리 없었다.

강습 때 가끔 롱 라이딩을 하면 안도감과 연습한 보람을 느꼈다. 그러나 다음 날이면 다시 원점으로 돌아갔다. 발리에 온 지 일주일도 채 안 되어 내 기분은 롤러코스터를 타고 있었다. 나에 대한 실망은 계속되고 의기소침해졌다.

'이러다 발리에 있는 내내 초급반에만 머물면 어쩌지?'

불안감과 함께 조바심마저 들었다.

서핑 6일째 되던 날, 오후 강습 중 보드가 내 왼쪽 갈비뼈를 강타했다. 라이딩을 끝낸 직후였다. 다시 바다 안쪽으로 파도를 뚫고 들어가던 중 크고 거친 파도 앞에서 보드를 제대로 컨트롤하지 못했기 때문이다. 순간적으로 많이 놀랐지만 통증은 심하지 않았다. 그래서 다음날 새벽 강습도 참여했었다.

그런데 오후 강습에서 지상 연습을 하기 위해 매트 위에 엎드렸을 때 통증이 심해 양손을 짚을 수가 없었다. 우울한 상태에서 리뷰를 받은 후 오후 강습을 위해 일단 해변으로 갔다. 입수 직전 지상 연습을 위해 다시 보드 위에 엎드렸으나 마찬가지였다. 어쩔 수 없이 오후 강습을 포기하고 호텔로 돌아와야 했다.

통증은 쉽게 가라앉지 않았다. 왼손으로 샴푸 펌핑이나 머리를 감는 것조차 힘들 정도였다. 호텔 체육관 트레드밀

위에서도 통증 때문에 뛰는 대신 걸어야 했다. 우울감은 깊어졌고 또 다른 두려움이 밀려왔다.

'발리에 있는 동안 더이상 서핑을 못 하면 어쩌지?'

'초급반에 머물러도 좋으니 통증 없이 바다에 들어갈 수만 있으면 좋겠다.'

그사이 나보다 며칠 더 일찍 초급반에 들어왔던 캠프생은 이미 중급반으로 갔고, 나보다 하루 이틀 늦게 들어온 캠프생조차 중급반으로 올라갔다.

서핑을 쉰 지 이틀째 되던 날 새벽, 호텔 체육관으로 가서 한 시간 정도 트레드밀을 걸으면서 보니 통증이 조금 나아졌다. 나는 한국인 강사에게 문자를 보냈다.

'선생님! 저 내일부터 다시 서핑할 수 있을 것 같아요.'

그러나 돌아온 답변은 실망스러웠다. 그는 갈비뼈에 금이 갔을 수도 있으니 며칠 더 쉬라고 했다.

서핑을 쉰 지 4일째 되는 날, 울루와뚜 사원을 갔다. 사원을 걷다 문득 내가 발리에 온 진짜 이유는 뭘까 하는 생각이 들었다. 표면적인 목적은 서핑이지만 궁극적으로는 '괜찮아지려고' 온 것이다.

아등바등하지 않아도, 너무 잘하려고 애쓰지 않아도, 미리 계획하지 않아도, 내가 원하는 방향으로 흘러가지 않아도, 혼자여도, 설사 한국에 돌아가서 바로 일할 병원을 찾지 못해도 진심으로 괜찮기 위해 온 것이었다.(나는 발리에 오기 직전 다니던 병원을 그만두고 이직할 병원을 확정 짓지 못하고 온 상태이다.)

갑자기 어깨에 힘이 빠지며 피식 웃음이 났다. 발리에 있는 2주 동안 나는 괜찮지 않았던 것이다. 서핑을 잘하려고 아등바등했으며, 미리 계획했고, 내가 원하는 방향으로 쭉쭉 나아가지 못해 우울했고, 절망했던 것이다.

통증이 완화되자 다시 바다에 들어갔다. 5일 만이었다. 오른쪽 턴을 할 때 발의 위치나 간격이 많이 교정되었지만 왼쪽 턴은 여전히 불안했다. 그럼에도 바다에 들어갈 수 있다는 것만으로도 감사했다.

새벽 6시, 꾸따 해변의 하늘은 어둡지만 아름다웠다. 마치 파스텔톤의 핑크와 푸른색 유화 물감을 위아래로 반반씩 칠한 뒤 회색 물감을 엷게 덧칠한 느낌이랄까? 서핑하고 파도를 기다리다 보면 어느새 옅은 회색 장막이 걷히고 선명한 핑크와 연푸른빛이 그 정체를 드러냈다. 그런 하늘빛은 금세 바다에 반사되어 똑같은 빛깔을 머금고 반짝인다. 그리고 눈부시게 해가 떠올랐다.

'거봐, 괜찮잖아. 앞으로도 쭉 괜찮을 거야.'

강렬한 햇살도, 반짝이는 물결도 그렇게 나를 위로하고 있었다. 내가 매일 새벽 일출 서핑을 했다는 사실도 그제야 알았다.

발리로 오기 전까지 나는 막연하지만 서핑 실력이 부쩍 늘기를 바랐다. 막상 발리에 도착해서는 '혼자 파도를 잡을 정도는 되어서 돌아가야지' 생각했다. 그러나 지금은 한국에서 굳어진, 테이크오프 직전 잘못된 발의 위치라도 고치고 가면 좋겠다고 생각한다.

지금은 겨우 중급반으로 올라왔지만 남은 열흘 안에 설사 파도를 나 혼자서 못 잡더라도 괜찮다. 심지어 발의 위치조차 완벽하게 고치지 못해도 괜찮다. 완벽한 자세는 아니지만 어쨌든 난 발리의 파도를 최선을 다해 타고 즐겼다. 남은 기간도 그럴 것이다. 다만 느리더라도 정확한 기본기를 다져 오래도록 서핑을 즐길 수 있으면 좋겠다.

삶에서도 이젠, 특별한 행복이 있을 거라는 막연한 기대는 내려놓자 생각한다. 대신 내게 주어진 삶의 궤도를 걷는 매 순간 나 자신을 좀 더 믿어주자고 말한다. 어떤 일이든 연습이라 여기고 계속 전진하면 된다. 그러면 괜찮은 거다.

내가 한국으로 돌아가면 발리 다녀온 사실을 아는 지인들은 이렇게 물을 것이다.

"서핑 실력 엄청 많이 늘었겠네요?"

그러면 나는 이렇게 답하겠지.

"아뇨! 하지만 괜찮아요!"

상대방은 나의 대답에 어리둥절할지도 모르지만 상관없다. 왜냐면 내가 정말 괜찮으니까.

서핑을 쉰 지 4일째 되는 날,
울루와뚜 사원을 갔다. 사원을 걷다 문득
내가 발리에 온 진짜 이유는 뭘까 하는
생각이 들었다. 표면적인 목적은 서핑이지만
궁극적으로는 '괜찮아지려고' 온 것이다.

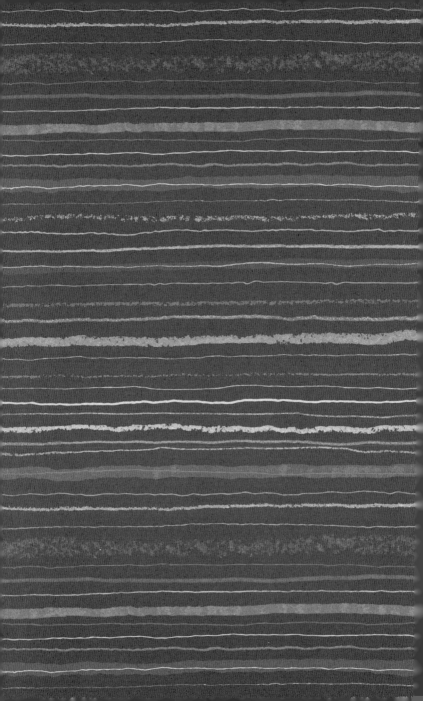

부고

박 미 정

숫자의 바다에서 글을 짓는 임팔라

아침 7시. 핸드폰 알람이 울렸다. 잠이 덜 깬 상태로 핸드폰을 들었다. 밤사이 문자가 한 통 와 있었다. 친한 지인의 빙부상 문자였다. 아직 잘 떠지지 않는 눈을 가늘게 뜨고 문자를 읽고 있는데 카톡이 왔다. 이번에는 모친상 소식이었다. 조의금을 계좌이체하고 위로 문자를 보냈다. 할머니가 돌아가신 후부터는 누군가의 상을 전해 들으면 할머니가 돌아가셨을 때가 자연스럽게 생각난다.

2019년 말, 나도 부고를 전할 일이 있었다. 할머니의 부고였다. 그러나 부고는 그저 휴가를 내기 위한 것이었다. 회사 외 다른 곳에는 연락하지 않았다.

나는 할머니와 7살 유치원 입학 때부터 29살 때까지 함께 살았다. 7살 이전에는 얼굴을 본 적도 거의 없었다.

어릴 적 부모님은 경기도 광주에서 과수원을 하셨고 할머니는 아버지의 고향인 대구에 계셨다. 교육을 위해 우리 네 남매는 도시인 대구 할머니 집으로 보내졌다. 내가 3살이 되던 해, 큰언니가 초등학교 입학을 위해 처음 혼자 할머니와 살기 시작했다. 그리고 3년 뒤, 둘째 언니도 대구로 갔다.

나는 언니들과 달리 유치원을 다니게 되면서 한 해 일찍 7살에, 마지막으로 나보다 세 살 어린 남동생이 내가 10살 되던 해에 할머니와 함께 살게 되었다. 큰언니와 남동생은 8년 터울이니 우리 넷은 그때 처음 한집에 살게 된 셈이었다. 부모님이 아닌 할머니와.

나에게 할머니는 무서운 사람이었다. 작지 않은 키에 깡마른 체구, 부리부리한 눈과 뽀글뽀글한 짧은 머리. 얼굴에는 웃음기가 없었다. 이래도 혼나고 저래도 혼났다. 많이 먹지 마라. 좀 맛있게 먹어라. 좀 웃어라. 웃지 마라, 바보 같아 보인다. 말 좀 해라. 시끄럽다.

사과밭에서 일하시는 부모님 옆에서 종알종알 수다쟁이

였던 나와 동생은 점점 말수가 줄었다. 우리끼리 이야기를 하다가도 할머니가 보이면 멈추고 할머니가 없는 곳으로 피해 다녔다. 콩알만 한 집에서 피해봤자 옆방이었지만 눈앞에 보이지만 않으면 마음이 조금 편했다.

할머니는 큰언니와 남동생에게는 살가워 보였다. 큰언니는 혼자만의 책상도 따로 있었다. 책상의 책꽂이나 서랍에는 탐나는 물건들이 많았다. 입학, 졸업, 생일 때 할머니나 고모에게 선물 받은 예쁜 필통, 필기구, 다이어리 특히나 카세트. 작은언니와 책상을 같이 썼던 나는 몰래 큰언니의 서랍을 열어보기도 하고 카세트를 틀어보기도 했다.

밥을 먹을 때면 고기나 햄, 생선 같은 귀한 반찬들은 항상 큰언니와 동생 앞에 있었다. 처음에는 팔을 길게 뻗어서라도 먹었지만 조금씩 먹으라는 잔소리를 몇 번 듣고 나서는 내 밥그릇 옆에 있는 국물이나 떠먹고 말았다. 엄마가 오는 날은 잔칫날 같았다. 엄마는 먹고 싶은 반찬을 실컷 먹게 해주었다.

집안이 난리가 난 적이 있다. 내가 중학교 1학년일 때였다. 할머니에게 우리를 맡기고 경기도와 대구를 오가던 부모님이 과수원을 정리하고 내려오셨다. 내려오신 그날 작은 방에서 아버지는 할머니에게 밤새 소리를 질러댔다. 엿듣지 않아도 훤히 들렸다.

할머니가 아버지와 의논 없이 우리가 사는 아파트를 담보로 대출을 받아 삼촌의 사업자금을 마련해준 것이었다. 아파트는 내가 대구로 가기 얼마 전 아버지가 우리를 위해 마련한 것이었지만 할머니 명의로 되어 있었다.

삼촌의 사업은 망했다. 할머니는 대출금을 갚지 못할 형편이 되어서야 털어놓으셨다. 아버지는 과수원을 정리하면서 가지고 있던 돈으로 삼촌의 대출을 갚았다. 삼촌은 나타나지 않았다.

아버지는 그날부터 며칠 동안 계속 술을 드셨고 할머니에게 퍼부어댔다. 할머니는 아무 말도 하지 않았다. 그런 시간이 길진 않았다. 부모님은 금방 경주에 땅을 빌려 소작농을 시작하셨다. 우리와 함께 살려고 내려오신 부모님은 다시 경주로 가셨다. 아버지가 대출금을 갚아준 덕분에 우리는 대구의 아파트에서 계속 할머니와 살았다.

부모님이 경주로 가시고 할머니는 가끔 밤새 술을 드셨다. 할머니가 소주를 마시면 우리는 옆방에서 숨을 죽이고 누워 있었다. 밤새 통곡과 함께 신세한탄이 이어졌다. 아버지가 10대일 때 할아버지가 돌아가셨다. 할머니는 원래 6명의 아이를 낳았는데 1명은 아주 어릴 때 아파서, 또 1명은 오토바이 사고로 잃어 4명만 남았다.

할아버지가 돌아가신 후 아버지는 갑자기 가장이 되었다. 학교를 포기하고 남의 집 일을 도우며 돈을 벌었다. 과일 유통업 일을 배워 도매상을 차려서 동생들을 대학도 보내고 혼수도 마련해주었다. 할머니는 젊을 적에는 작은 소일거리를 해서 살림을 보태셨지만 아버지가 돈을 꽤 벌기 시작하면서부터는 살림만 하셨다.

아빠 없이 자란 자식들 안쓰러워 집을 담보로 대출을 받아 막내아들 사업자금을 대고 고모에게는 큰손주 통장을 털어 보태셨다. 그 이상 할 수 있는 게 없었다.

손주 넷을 키우면서 가진 건 하나 없고 남편도 없는 할머니의 신세 한탄. 밤새 그 통곡 소리를 들으며 나는 얼른 해가 뜨기를 기다렸다. 빨리 학교가 가고 싶었다.

자라면서 점점 할머니를 마주볼 일이 없어졌다. 대학에 들어가고부터 나에게 할머니 집은 그저 잠을 해결하는 곳이 되었다. 대학을 졸업한 해에 취직했다. 근무지가 구미였다. 집 근처까지 셔틀버스가 있어서 처음에는 대구에서 출

퇴근했다. 그러다 곧 기숙사 생활을 시작했고 회사가 평택으로 이전하면서 할머니를 완전히 떠나왔다. 29살 때였다.

그 사이 부모님은 경북 영양에 작은 사과 과수원을 얻어 정착하셨다. 할머니는 대구가 직장인 둘째 언니와 살다가 언니의 결혼 후 혼자 사셨다. 가끔 대구에 친구들을 만나러 갈 때나 할머니 집에 들렀다.

그렇게 나와 할머니는 일 년에 한두 번 보는 사이가 되었다. 내가 가면 할머니는 한참 동안 정치, 동네, 이런저런 이야기를 하셨다. 이야기를 듣고 있으면 할머니의 통곡 소리가 생각났다. 손녀가 서른이 넘고 할머니는 여든이 넘었다. 싫은 내색하지 않고 끝까지 들었다. 일 년에 한두 번이니까.

할머니는 나이 들어 병들었고 자식들은 각자 저 살기 바빴다. 아버지가 영양에 모시거나 대구에 같이 있기도 하면서 돌보셨다. 농사일이 한창 바쁜 철에는 요양원에 몇 달 계시기도 했다.

요양원에 면회하러 간 적이 있다. 남녀 구분 없는 방안 여러 개의 침대 중 하나에 쪼글쪼글 뼈가 다 드러나는 얼굴로 할머니가 누워 계셨다. 요양하는 건지, 죽음을 기다리는 건지 알 수 없는 곳이었다. 요양원과 아파트와 영양을 오가

187

던 할머니는 2019년 치매를 얻으셨고 그해 12월 24일 밤 11시에 혼자 병실에서 돌아가셨다.

할머니가 돌아가시기 10시간 전까지만 해도 할머니의 4명의 자녀, 엄마, 우리 4남매의 가족들은 모두 병실에 함께 있었다. 의사가 괜찮을 것 같다고 해서 각자 집으로 흩어졌는데 그 밤에 혼자 돌아가셨다.

엄마는 이튿날 25일 이른 새벽에 전화했다. 병원에서 집까지 3시간 반 남짓. 조금이라도 더 자고 오라고 일부러 늦게 연락했다고 했다. 이것저것 생각나는 대로 챙겨 이번에는 병원이 아닌 장례식장으로 갔다.

'경조 휴가를 쓰겠습니다. 할머니가 돌아가셨습니다.'

장례식장으로 가는 길에 팀장에게 메시지를 보냈다. 몹시 슬프고 우울해야 할 것 같은 의무감이 들었지만 아무렇지도 않았다.

삼촌과 고모들은 손님들 맞이로 바빴다. 장례식장은 하하 호호 즐거웠다. 20년 넘게 아버지와 왕래가 없었던 삼촌은 오랜만에 허락받은 자리라 즐거우셨는지 연신 싱글벙글 손님을 맞았다. 고종사촌들의 남자친구, 여자친구가 온다는 소식에 고모는 머리에 고데기를 말았다. 우리가 빌

188

린 호실은 삼촌, 고모 들의 손님으로 꽉 찼다. 친척분들을 편하게 모시기 위해 옆 호실을 추가로 빌렸다.

몇 해 전 경운기 사고로 어깨와 허리가 불편하신 아버지는 할머니의 영정사진 앞에 혼자 누워 있었다. 조문객이 오면 삼촌, 고모 들이 잠깐 왔다갔다. 절을 하려고 앉았다 일어날 때마다 아버지의 몸은 비틀어졌고 얼굴은 찌푸려졌다. 팔로 바닥을 짚지 않고는 혼자 일어서기도 힘들어하셨다. 그러고 보니 아버지의 손님은 아무도 없었다. 아버지는 아무에게도 연락하지 않으셨다.

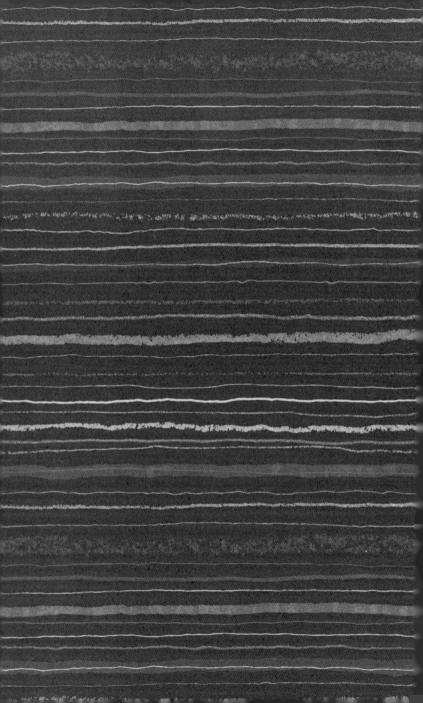

기억의 구슬

오 정 민

그 시간, 그 공간, 그들이 좋아서
이젠 나도 쓰는 이

'인사이드 아웃' 애니메이션이 있다. 픽사에서 만든 아이들 보는 만화이지만 감정을 공부하는 데 딱이다. 여기에는 다섯 가지 감정들이 나온다. 기쁨이, 슬픔이, 버럭이, 까칠이, 소심이. 그들은 라일리란 여자아이의 뇌 속 감정을 컨트롤하며 라일리가 행동을 하도록 만든다. 그날의 기억은 감정과 관련된 색깔 구슬에 저장되고 기억 저장소로 보내진다. 가장 중요한 때의 기억들은 핵심 기억으로 성격을 만들고 성격이 모여 인격을 형성하게 된다.

'생각을담는집'에서 글쓰기 수업을 받았다. 마흔을 시작하며 내 마음에 뭉쳐만 있는 생각과 감정을 잘 정리하고 싶었다. 글쓰기 수업은 매주 한 편씩 글을 써 오고 그 글을 읽는 것이었다. 글감을 고르는 것부터가 글쓰기의 시작이었다.

뭘 쓸까. 그때부터 '인사이드 아웃'에서 나왔던 나의 기억 저장소에 가야 했다. 기쁨이의 황금빛 구슬, 슬픔이의 파란색 구슬, 버럭이의 빨간색 구슬, 까칠이의 초록색 구슬, 소심이의 보라색 구슬을 잘 살펴본다. 기쁨이 구슬만 쓰면 잘난 척이 되고, 슬픔이 구슬로만 쓰면 내 비밀 일기장이 되어버린다.

한 번은 사진을 보고 묘사하여 글을 쓰는 과제가 있었다. 어렸을 적 앨범을 꺼내왔다. 그러다가 오빠 초등학교 졸업식 때 찍은 사진이 있었다. 나는 보라색 코트를 입고 있었다. 3학년이었던 나는 어른 코트를 걸쳐 입은 듯 커다란 코트를 입고 있었다. 엄마는 큰 거 사서 오래 입히려고 그랬을 거다. 앨범을 몇 장 넘기니 내가 6학년 졸업 후 겨울에 찍은 사진에서도 그 보라색 코트를 입고 있었다. 6학년 때쯤엔 색도 바랬고 소매 부분의 털도 엉켜서 뭉쳐 있었다.

엄마가 궁상맞게 아껴 쓰며 사는 게 늘 지긋지긋했다. 엄마가 어느 정도로 인색했는지 흉을 실컷 보고 싶었다. 제일 싼 축협우유만 사준 것, 장 볼 때 100원이라도 싼 점포에 가야 해서 시장을 돌고 돌고 또 돈 일, 가방도 1학년 때 사준 걸 6학년 때까지 매도록 한 것 등을 써 내려갔다. 그렇게 버럭하면서 글을 썼다.

근데 사진을 묘사하는 글을 써야 했던 취지와는 맞지 않았다. 버럭한 글을 지웠다. 그 사진을 보며 엄마가 했었던 말을 떠올렸다.

"너 어렸을 때 예쁜 옷 많이 입혔었지. 외할아버지가 아동복 장사를 했는데 망해서 외할아버지 집 다락에 아동복 재고가 많이 있었거든. 거기에서 골라서 다양하게 잘 입혔지."

전에 그 말을 들었을 때는 그냥 넘겨 들었다. 글을 쓰려고 그 말을 곱씹으니 보라색 코트의 디테일이 남달랐다. 색깔부터가 보라색이었고 소매 끝에 검정털이 둘려 있고 투버튼 여밈이고 가슴에는 금색 와펜 장식이 있었다. 지금 딸에게는 클 수 있으나 기품 있어 보이는 그 코트를 입힐 수 있다는 생각에 엄마는 신났을 것 같았다. 내 기억 속 버럭이의 빨간 구슬 색은 달라지고 있었다. 황금색이 약간 섞인 채로 말이다.

재수 때의 기억도 그랬다. 생각처럼 공부는 안되고 성적도 나오지 않아 그만두고 싶었다. '지겹나요, 힘든가요'로 시작하는 '달리기'란 노래를 들었다. 나 이렇게 힘들었다고 하소연하고 싶었다. 이번엔 슬픔이의 파란색 구슬을 골랐다. 힘들었다고 쓰면서도 그래도 끝까지 버텼다는 것, 그때의 일을 계기로 난 잘하진 못하더라도 글쓰기건 뭐건 끝까지 하려고 노력하는 게 생겼다고 쓰려고 했다.

이것도 한참을 들여다보니 탐탁하지 않았다. 글을 쓰다 이건 아닌가 싶을 때는 구슬을 더 잘 살펴야 한다. 그러고 보니 재수 시절에 '달리기'처럼 힘들고 지겨웠던 사람은 엄마였다. 독서실에 있는 나에게 매일 저녁 도시락을 배달하러 잰걸음으로 달려와 주었고 늘 이마에는 송골송골 땀이 맺혀 있었다. 그 시절 나만 힘든 게 아니었다. 그래서 슬픔이 구슬에도 황금빛 색을 섞어 다시 기억 보관소로 보냈다.

글을 쓰면서 보니 기억은 다큐멘터리가 아니었다. 내가 오려내고 이어붙인 감정의 편집본이었다. 글을 쓰며 그때의 상황을 자세히 들여다보면 그 기억이 단순히 '슬픔이 구슬'이 아닐 때가 많았다. 엄마와의 기억도 그랬고 아이들이 어렸을 때의 기억도 그랬다. 글을 쓰며 내 기억의 색이 달라지게 되었다.

'인사이드 아웃'에서도 기쁨이는 라일리를 기쁘게 하기 위해서 슬픔이가 나오지 못하게 한다. 하지만 그 둘이 장기 기억 저장소에 가게 되어 예전 기억들을 다시 들춰 보니 모든 기쁨의 순간 이전에는 슬펐던, 가슴 아팠던 기억들이 존재하고 있음을 알게 된다. 그걸 극복하면서 기쁨으로 기억에 남게 된 것이다.

나의 기억에는 '슬픔이 구슬'이 많았다. 글로 자세히 보았다. 자세히 보면 황금빛이 보인다. 황금빛 테를 둘러 기억 보관소로 다시 보내니 내 마음이 환해진다.

글을 쓰면서 보니 기억은 다큐멘터리가 아니었다.

내가 오려내고 이어붙인 감정의 편집본이었다.

글을 쓰며 그때의 상황을 들여다보면 단순히

'슬픔이 구슬'이 아닐 때가 많았다.

글을 쓰며 내 기억의 색이 달라지게 되었다.

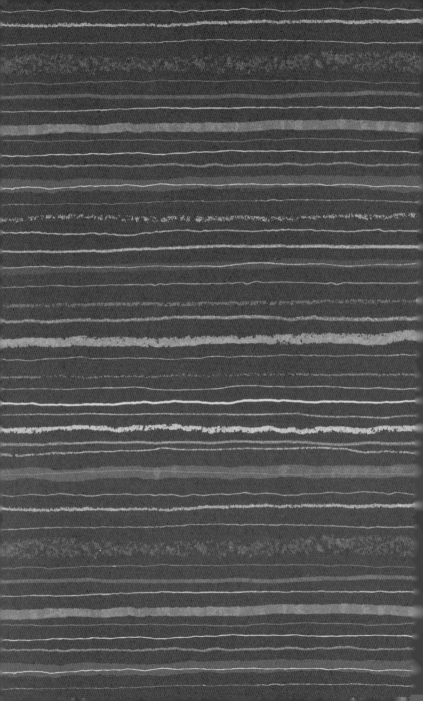

마지막까지
같이 있고 싶은
사람

유 선

인생도 글도 술술 풀어나가고 싶은 직장인

지난주 일요일 저녁 아내와 위챗으로 통화했다. 아내는 아이들을 데리고 런던으로 여행을 간다고 했다. 올해 초등학생이 된 둘째가 빅 벤을 보고 싶다고 해 이미 비행기 표를 예매했다고 했다. 이번 여름방학에 아내와 아이들을 보기 위해 중국 비자를 준비하고 있었던 나는 당황스러웠다. 아직도 아내는 화가 나 있는 걸까?

아내는 중국 국제학교 교사로 일하면서 두 아이를 키우고 있다. 지난 겨울방학 때 한국에 돌아왔을 때 아내와 나는 다퉜다. 사소한 일로 시작된 싸움을 풀지 못한 채 아내는 중국으로 떠났다. 말로도, 편지로도 사과했지만 아내의 화는 여전히 누그러지지 않은 듯하다.

아내가 했던 말이 생각난다.

"배우자가 무슨 일을 한다고 하면 관심과 지지를 보내지 않고 왜 반대만 하는 거야!"

사실 나는 아내의 의견을 존중한다. 아내는 매사에 똑 부러지고 추진력이 강하다. 그런 데 비해 나는 조금 생각을 오래 하는 편이다. 아내로서는 그런 내가 답답해 보일 수도 있다.

10년 전 도시의 아파트 생활을 접고 지금 사는 전원주택으로 이사하게 된 것은 아내가 먼저 제안한 것이었다. 함께 떠난 캠핑에서 아내는 아이들을 시골에서 맘껏 뛰어놀게 하면서 키우고 싶다고 했고, 나도 그 생각에 동의해 우리는 바로 땅을 알아보고 집을 지었다.

전원주택으로 이사 후 아내와 나는 몇 가지 일로 크게 부딪혔다. 주택으로 이사하고 보니 아파트에 살던 살림이 집 안에 다 들어가지 않았다. 아내는 그 물건들을 넣어둘 조립식 창고를 구입하자 했고, 나는 어차피 쓰지 않을 물건이니 버리자고 했다. 결국 나는 아내 의견을 따랐고 조립식 창고를 구입했다.

또 한 번은 차를 바꿀 때였다. 아내는 전기차로 바꾸자며 배터리의 성능과 수명, 그리고 충전기를 집에 설치하면 정부 보조금을 받는 것까지 일목요연하게 정리해서 말했다. 나는 전기차는 배터리 결함이 많아 화재가 종종 난다는 것과 충전소가 많이 없으므로 불편할 거라고 말했다. 그러자 아내가 한 말이 왜 자신을 지지하지 않고 반대만 하느냐는 것이었다.

아내는 남편이 아니라 결재를 받아야 하는 상사를 모시는 것 같다고 했다. 아내는 나에게 의견을 물을 때마다 한 템포 느린 나의 반응에 지쳤다고 했다.

그런 이유 때문일까. 아내는 중국 국제학교 교사로 가는 일도 면접을 앞두고서야 말했다. 최종 면접이 통과되면 두 아이를 모두 데리고 가겠다고 했다. 나는 몹시 서운했다. 졸지에 가족과 생이별을 하게 될지도 모를 일이었다. 그렇다고 아내에게 가지 말라고 할 수도 없는 노릇이었다.

아내는 면접에 통과했다. 이후 출국까지 아내 일은 일사천리로 진행됐다. 새로운 곳으로 떠나는 아내는 두려움도 있었겠지만, 설렘으로 들떠 있었다. 나는 아내나 아이들이 더 넓은 세계를 경험하는 좋은 기회라고 여기면서 아내를 이해하기로 했다.

2022년 2월 말, 아내와 아이들을 공항에 데려다주고 돌아와 집 라디오를 켜자 '타임 투 세이 굿바이'가 흘러나왔다. 공항에서 차마 흘리지 못한 눈물이 쏟아졌다. 한참을 울고 나서 어질러진 집안을 치우기 시작했다. 거실에는 아이들이 갖고 놀았던 장난감 총알들이 곳곳에 떨어져 있었다. 나는 총알을 비롯한 아이들 장난감을 플라스틱 상자에 넣어 다락방 깊숙이 감춰두었다. 아이들 물건을 볼 때마다 공연히 눈시울이 뜨거워졌다.

가족이 모두 떠나자 아침저녁으로 시간이 비었다. 나는 동네 책방에서 진행하는 독서 모임에 참여하면서 매주 한 권씩 책을 읽고, 매주 한 번씩 글쓰기 수업에도 참여했다. 가족이 떠난 동안 책을 읽고 글을 쓰다 보니 기승전결, 모든 이야기들이 가족으로 연결되었다. 그리고 글을 쓰다 보니 함께 살 때는 미처 생각하지 못했던 아내와의 관계가 객관적으로 보이기 시작했다.

연애하던 시절, 니는 아내의 얼굴에서 광채가 난다고 생각했다. 유명 연예인 같은 외모는 늘 나를 설레게 했다. 아내는 생활력도 강했다. IMF 시기에 대학을 다닌 아내는 아르바이트로 학비와 용돈을 스스로 벌면서 학교에 다녔다고 했다. 나는 그런 그녀가 좋았다. 나는 아내가 먹고 싶다는 메뉴를 찾아 식당에 갔고, 가고 싶다는 곳으로 여행을 갔다.

아내는 나와 다툴 때마다 연애 때 여자친구에게 잘 보이려고 무엇이든 다 들어줬던 그 다정한 남자친구가 어디로 갔느냐고 묻곤 했다. 여자친구가 먹고 싶은 것을 메뉴로 정하고, 가고 싶은 곳으로 여행을 갔던 남자친구를 믿고 아내는 나와 결혼했다고 했다. 그러나 결혼 후 나는 그렇지 못했다. 매사를 아내 뜻에 맞춰서 살 수는 없기 때문이다.

처음 중국에 가서 아내는 몹시 힘들어했다. 낯선 나라에서 직장 다니랴, 아이들 키우랴, 누가 봐도 힘든 상황이다. 더군다나 코로나 확진자가 나오면 중국은 바로 도시를 봉쇄했다. 심지어 아내와 아이들이 중국에 입국할 당시에는 코로나가 심할 때여서 한 달간 호텔에 격리당하기도 했었다.

지친 아내는 나에게 잠시 중국으로 와서 도와달라고 했다. 그러나 그 당시 중국에 입국하려면 7일간 호텔에 강제로 격리해야 가능했다. 연차휴가와 7일간의 호텔비까지 내면서 간다는 것이 내게는 비효율적으로 보였다. 무엇보다 회사 사정이 장기휴가가 쉽지 않았다. 아내로서는 그것도 여전히 내게 풀리지 않는 서운함일 것이다.

부부란 무엇일까. 나는 지금도 아내가 좋다. 아내 입장에서 보면 나는 부족한 것이 많고, 답답한 면이 많은 듯하다. 그러나 부부란 서로의 부족한 점을 채워주는 것이 아닐까. 서로 다른 사람이 만나 아이를 낳고 한 가정을 이루고 사는 일은 생각보다 쉽지 않다. 서로 노력해야 한다.

이제 과거를 접고 아내와 함께 현재에 집중하며 미래를 바라보고 싶다. 잘못했던 과거를 들추기보다 좋은 가정을 꾸리고 싶다. 그동안 내 입장에서 생각했던 것을 아내 입장에서 생각해 보기로 했다. 그러면 조금 더 아내를 이해할 수 있지 않을까.

나이 든 사람들은 말한다. 부부밖에 남는 것이 없다고. 지금 품에 있는 아이들은 성장하면 떠난다. 함께 늙어갈 수 있는 것은 아내뿐이다. 아내와 미래를 생각한다. 아내와 결혼했을 때처럼 가슴이 뛴다. 나는 아내를 사랑한다.

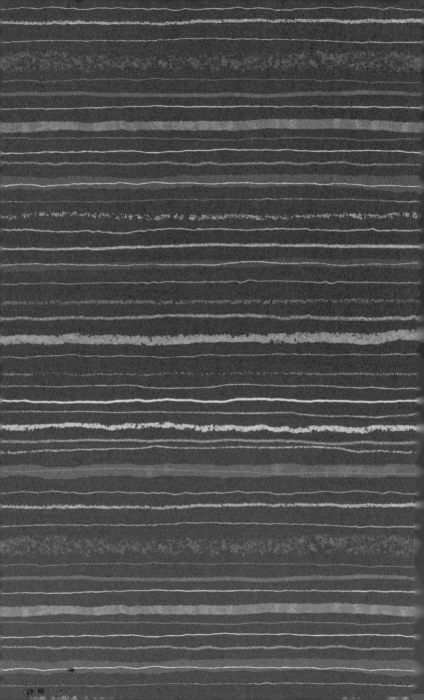

스물아홉의
유럽 배낭여행

윤 을 순

뚜벅뚜벅 걷다 보면 꿈이 언젠가 현실이
될 거라고 믿는 현실적 몽상가

30년 전 1993년 스물아홉. 엄마는 사람들이 "딸이 요새 뭐해요?"라고 물으면 "좋은 대학 나오면 뭐 해요. 집에서 빈둥빈둥 노는대."라고 늘 이야기했다.

사립사범대학을 졸업한 나는 교원 채용공고를 보고 여러 차례 지원했다. 그런데 대학 때 시위 전력 때문인지 어쩌다 서류 면접에 통과되어도 최종적으로는 불합격되었다. 몇 차례 계속 떨어지고 나니 그만해야겠다는 생각이 들었다.

마냥 놀 수만은 없어 입시학원 영어 강사로 취직했다. 역사 교사가 되려 했던 내가 영어 강사라니. 학원 전단지에 대문짝 만하게 '영어의 귀재 OOO'이라고 실려 부려지는 날이면 회의감이 밀려들었다. 영어 전공도 아닌 나는 이게 뭐지 싶었다.

방향 없이 살아가는 나의 인생이 두려워졌다. 학원 강사 월급은 학생 수에 따라 결정되었다. 학생을 돈으로 보다니! 결국 1년도 안 돼 학원을 그만뒀다. 그러나 대학까지 졸업한 처지에 엄마에게 용돈을 달라고 할 수 없었다. 과외 선생, 학원 강사, 학교 기간제 교사를 돌아가면서 하다 보니 어느새 스물아홉이 되었다. 직장을 옮길 때마다 엄마의 한숨은 깊어졌고, 결혼이나 하라는 소리는 늘었다. 돌파구가 필요했다.

이런 상황을 알고 있던 친한 고등학교 친구가 해외 배낭여행을 한번 가보면 어떻겠냐고 권유했다. 배낭여행이라니. 영어도 짧고 길눈도 어두운 내가 여행을 할 수 있을까. 그래도 왠지 여행을 다녀오면 뭔가 길이 찾아질 것만 같았다. 나는 친한 친구에게 함께 가자고 했다. 그도 쉽게 답을 하지 못했다. 그러다 며칠 후 같이 가겠다고 했다.

우린 한 달간의 유럽 여행을 계획했다. 경비는 각자 100만 원쯤. 여행사를 통해 여권, 국제학생증, 유레일 패스, 왕

복항공권을 구입했다. 숙소와 일정도 짰다. 숙소는 가성비 좋은 유스 호스텔로 정했다. 독일과 프랑스에서는 지인이 사는 곳에서 묵기로 했다. 식비도 큰 비중을 차지하므로 가져갈 수 있는 만큼 음식을 배낭에 넣어가기로 했다.

우리는 런던부터 파리, 뮌헨, 루체른, 스위스 융프라우, 베네치아, 피렌체, 나폴리, 로마까지 돌아오기로 했다. 우리는 언제 또 가보겠느냐며 최대한 빡빡하게 일정을 짰다.

여행의 하루는 숙소에서 나와 여행지 곳곳을 찾아다니다가 숙소로 돌아오는 것이었다. 처음에는 가는 곳마다 감탄사를 연발하면서 카메라 셔터를 눌러댔다. 그런데 그것도 잠깐. 얼마 후부터 우리는 끼니 때마다, 화장실을 갈 때마다 항상 비용을 걱정해야 했다. 우리 입에서 불평이 나오기 시작했다. '여긴 왜 물도 사 먹고 화장실도 돈을 내야 하는 거야.'

우린 식비를 아끼기 위해 두 끼를 빵과 우유를 먹기로 하고, 한국 음식이 그리우면 가져온 고추장을 빵에 발라 먹었다. 여행 4일째 되던 날. 런던의 멋진 빅 벤을 뒤로 두고 잔디밭에 앉아서 점심을 먹었다. 옆에서 한 가족이 점심을 먹고 일어났다. 오렌지 한 개를 남겨둔 채. 잔디에 떨어진 오렌지를 보는 순간 우리는 주변도 돌아보지 않고 주워서 얼른 까 먹었다.

여행 중 음식다운 음식을 먹은 것은 독일과 파리에 있는 지인 집에 가서였다. 파리에서는 같이 간 친구의 친구 집에, 독일에는 내가 잠깐 기간제 교사로 근무했던 학교에서 만난 선배의 올케네였다.

파리 친구는 결혼한 지 얼마 안 된 유학생 부부였다. 파리는 집값, 물가가 모두 비싸서 여행객뿐 아니라 유학생들에게도 매우 힘든 곳이었다. 그들도 힘들게 지내는 것 같았다. 집은 춥고 작았다. 그래도 그들은 우리에게 기꺼이 그들의 방과 시간을 내어주었다. 덕분에 우린 파리대학(소르본대학)에서 점심도 먹고 파리의 명소를 패키지 관광객처럼 다닐 수 있었다.

독일 헤르싱에서 이틀 동안 우리에게 방을 내준 사람은 파독 간호사 출신으로 독일인과 결혼하여 독일에 정착한 사람이었다. 헤르싱은 작은 호수가 있는 평화로운 마을이었다.

우리가 묵은 집은 호수 옆에 지어진 예쁜 이층집이었다. 우리는 2층에서 묵었는데, 아침이면 1층에서 올라오는 커피 향에 마치 호사로운 여행객이 된 듯한 착각에 빠지기도 했었다. 그들은 처음 보는 우리를 오래전에 헤어진 가족을 다시 만난 것처럼 대했다. 떠나는 날 아침에는 우리 옷가지들을 세탁해 다림질까지 해서 내미는 바람에 눈시울이 붉어지기도 했다.

여행하면서 소매치기를 당할 뻔한 아찔한 순간도 있었다. 여행 마지막 장소였던 로마에서 바티칸으로 가는 열차 안에서였다. 칸막이 열차에 타자마자 우리는 누적된 피로로 깜빡 잠이 들었다. 그런데 갑자기 친구의 비명이 들렸다. 눈을 떠 보니 친구가 한 손으로는 우리 생활비가 들어있는 크로스 백을 움켜잡고 다른 한 손으로는 양산으로 누군가를 죽일 듯이 내리치고 있었다. 순간 나도 목이 찢어질 듯 소리를 질렀다. 곧이어 열차 안에 있던 사람들이 우리 칸으로 우르르 몰려왔다. 역무원도 뛰어왔다.

그러는 사이 소매치기는 복도로 뛰어나가 달리는 열차 밖으로 뛰어내렸다. 열차는 멈추었고 역무원은 우리를 가까운 경찰서로 안내했다. 다행히 우린 잃어버린 것이 없었다. 현지 경찰관과 나는 서로 영어가 서툴러 소통이 잘 안 되었다. 그런데도 어찌어찌 사건 경위서를 작성하고 경찰서를 나왔다.

친구와 의기투합해서 여행을 떠났지만, 사실 함께 여행하는 것은 쉬운 일이 아니었다. 서로 조금씩 이해하고 양보한다 해도 배낭여행을 하면서 지치다 보니 서로 서운한 감정이 쌓였다. 급기야 여행을 떠난 지 보름쯤 되었을 때 싸우고 말았다.

베네치아 도착해 마트에서 식품을 산 직후였다. 나는 평소처럼 배낭에 일부를 욱여넣고 나머지는 손에 들었다. 그런데 갑자기 짜증이 났다. 왜 나만 이런가 싶었다.

"너는 왜 알아서 도와주지 않아?"

그러자 친구가 말했다.

"내가 도와주겠다고 하면 넌 늘 괜찮다고 했잖아. 그래서 나는 네가 좋아서 하는 줄 알았지."

나는 더욱 화가 났다. 나는 그동안 서운했던 것을 이야기했다. 그러자 친구도 나름 쌓인 것들이 있다며 속을 털어놓았다. 우리는 서로 목소리가 높아졌다. 베네치아 산 마르코 광장의 아름다움도 우리에게 위로가 되지 않았다.

나는 친구를 다 이해하지 못했고, 친구도 마찬가지였다. 이후 우리는 말수가 줄었고 같이 사진을 찍는 횟수도 줄었다. 그러나 우린 끝까지 여행을 함께할 수밖에 없었다. 어쨌든 같이 여행을 마쳐야 했다. 돌아와서 우리는 서로 연락조차 하지 않았다. 한동안 나는 친한 친구와 여행한 것을 후회했다. 친구를 잃은 것만 같아 우울하기도 했다. 아마 친구도 마찬가지였을 것이다. 다행히 우리는 두 달 후 다시 만났고, 지금까지 함께 나이 들며 옛이야기를 한다.

그래도 그때 여행은 내 삶을 새롭게 해 주는 계기가 됐다. 물론 당장 내 삶이 변한 것은 아니었으나 여행에서 돌아와 임용고시를 준비했고, 나는 교단에 섰다. 어제 같은 날이었는데, 벌써 30년 전이다.

마냥 놀 수만은 없어 입시학원 영어 강사로
취직했다. 역사 교사가 되려 했던 내가
영어 강사리니. 학원 전단지에 대문짝 만하게
'영어의 귀재 000'이라고 실려 뿌려지는 날이면
회의감이 밀려들었다. 영어 전공도 아닌 나는
이게 뭐지 싶었다.

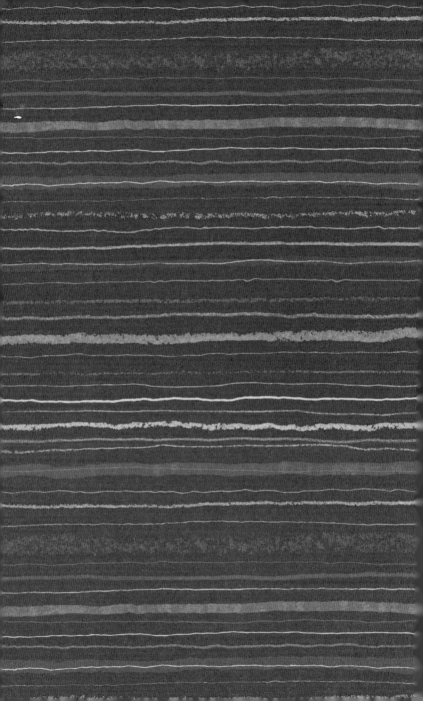

나를 보듬어 준
손

이 상 록

어쩌다 보니 그림 그리는 것보다 글쓰는 시간이
더 많아진 그림 그리는 사람

나는 손에 땀이 많다. 너무 많다. 아주 조금만 긴장해도 손이 땀으로 흥건히 젖어버리는 바람에 곤란했던 적이 셀 수 없이 많았다. 어릴 때는 막연히 창피한 정도였지만, 성인이 된 내게 그것은 단순히 창피하고 마는 정도의 일이 아니었다.

업무 관계로 사람을 만나면 반드시 악수하게 된다. 나는 그런 매 순간이 고통스러웠다. 웃으며 내 손을 덥석 잡은 상대가 불쾌해할 것이 뻔하기 때문이었다. 나는 그런 사태를 방지하기 위해 업무미팅을 앞두고 화장실로 가곤 했다. 냉수에 손을 한참 동안 담그고 있기 위해서였다. 손바닥에 분포된 땀구멍을 수축시키기 위함인데 큰 효과는 없었다. 왜냐하면 그런 행동 자체가 신경을 더 자극해 땀구멍을 확장하기 때문이다. 딱히 미팅 때문에 불안했던 것은 아니었다. 그저 내 신경이 파블로프의 개처럼 자동반응하는 것이었다.

업무 관계 말고도 타인의 손을 잡아야 할 일은 많았다. 장례식이나 결혼식에서 오랜만에 동창을 만나기라도 하면, 그들은 늘 손을 내밀며 웃는 얼굴로 내게 다가온다. 그러면 나는 꼭 오버액션을 하면서 두 팔 벌려 상대를 껴안는다. 포옹할 정도로 살가운 사이가 아닌데도 그러는 것이다. 어색한 풍경이 연출되지만 그게 악수를 피하는 방법이다.

하지만 지인의 지인을 처음 소개받는 자리에서는 그 방법을 쓸 수 없었다. 초면부터 이상한 사람이 되기 때문이다. 그것보다는 손에 땀이 흥건한 사람이 좀 더 나을 것이다. 무엇보다 괴로웠던 것은, 서로 호감을 확인하고 사귀기 직전인 여성의 손을 잡아야 하는 경우였다. 그것은 절대 피해갈 수 없는 난관이었다. 나는 여성의 손을 한 번도 먼저 잡은 적이 없다.

나도 다른 남자들처럼, 혹은 영화에 나오는 로맨틱한 장

면처럼 박력 있게 먼저 손을 잡아보고 싶었다. 하지만 손바닥에 수도꼭지가 열려 있던 나는 그럴 수 없었다. 나는 이런 증상을 '다한증'이라는 간단하고 편리한 병명으로 부르고 싶지 않다. 왠지 억울한 기분이 들어서이다. 나는 단순히 신체적인 이상 외에 뭔가 다른 원인과 이유를 찾으려고 했다.

내 손이 이렇게 된 것에 대한 기억은 오래전으로 거슬러 올라간다. 그 일은 내가 초등학교 2학년 무렵부터 시작됐다. 그 당시 아버지는 퇴근해서 집에 오면 현관에 서서 내가 인사하러 나오기를 기다렸다. 아버지의 세계관에서 그것은, 조선 양반들이 남의 집 대문 앞에서 '이리 오너라. 에헴, 에헴!'이라고 하던 것과 비슷한 것이었을까. 어린 나는 허겁지겁 달려나가 아버지에게 배운 대로 허리 숙여 인사를 했는데, 양복에 구두를 신은 아버지는 무서운 얼굴로 내게 한쪽 손을 내밀었다. 그리고 이렇게 말했다.

"손 이리 내!"

나는 겁에 질린 채 아버지에게 땀에 젖은 손을 내밀었다. 아버지에게 달려가며 손을 옷에 문질러도 보고, 아버지 퇴근 시간에 맞춰 손을 미리 찬물에 담그고도 있어 봤지만 긴장해서 계속 나오는 손땀을 막을 수는 없었다.

"이노므 자식. 또 손에 땀 나네! 또 긴장하고 있는 거지? 너 왜 아버지를 무서워하는 거냐? 응? 내가 그러지 말랬지!! 다른 집 자식들은 안 그러던데 넌 왜 이래? 드라마에 나오는 아들들처럼 살갑게 못 하겠냐? '한 지붕 세 가족'에 나오는 것처럼! 안 되겠다. 매 가져와!"

억박지르고 때리면서 아버지를 무서워하지 말라니, 지금 생각하면 어처구니가 없는 말들이었다. 그 무렵부터 나는 손에 땀이 더 많이 나기 시작했다. 아버지는 그런 내게 소리를 지르며 점점 더 화를 심하게 냈다. 아버지는 내가 당신을 보며 긴장했는지 안 했는지를 파악하기 위해 '손 검사'를 수년간 이어갔다. 하지만 돌이켜보면 그건 아버지가 내게 화풀이를 하기 위한 구실일 뿐이었다. 지금의 아버지는 내 손에서 땀이 났는지조차도 기억하지 못하고 있다.

아버지는 집밖에서 받은 스트레스를 집안에서 마음껏 고함을 치며 푸는 것이 습관으로 굳어진 것 같았고, 내 손땀이나 집안 물건이 조금이라도 흐트러져 있는 것 등이 분노 폭발의 방아쇠가 됐다. 그리고 그게 원인인 건시 아닌지 확실히는 모르겠지만, 아주 조금만 긴장해도 손에서 땀이 줄줄 흐르는 현상은 그 무렵부터 내게 확실히 자리잡아갔다.

'손 검사'는 주로 아버지가 퇴근하자마자 이루어졌고 가끔은 휴일에도 불시에 있었다. 가끔 내 손이 정상적일 때 손 검사를 당할 때가 있었는데, 그때 아버지는 무서운 얼굴로 내 손에서 땀이 날 때까지 손을 계속 잡고 있다가 화를 내기도 했다. 그렇게 손 검사에 걸리면 나는 거실에 무릎을 꿇고 짧게는 한 시간, 길게는 서너 시간 동안 고함을 들어야 했다.

그 비이성적 분노는 산불처럼 번져서 아무 잘못 없는 엄마도 내 옆에 앉아 아버지의 호통을 들어야 했다. 애를 왜 이렇게 키웠느냐는 말을 자주 했다. 한 주도 그냥 넘어간 적이 없었다. 아주 가끔, 아버지가 한 달 정도 화를 안 낸 적이 있었는데 엄마는 그걸 특이한 일이라며 이모들에게 말하곤 했다. 엄마나 나나 특별히 뭘 잘못한 적은 없었다.

단지 내가 아버지를 무서워한다는 것과 말수가 적다는 것, 어쩌다 말을 해도 주눅이 들어서 웅얼댄다는 것이 혼나는 주된 이유였다. 그게 몇 년간 폭언을 듣고 맞을 정도의 잘못이었는지, 당시 아버지의 나이와 비슷해진 지금의 나로서는 이해가 되지 않는다.

아버지는 내 존재 자체를 인정하기 싫었던 것일까. 그래서 내가 태어난 날, 또 아들이냐고 짜증을 내며 병원에 오지 않은 것일까. 그래서 괜히 나를 괴롭혔던 것일까. 그래서 아버지는 그 업보로 성인이 된 이후의 나를 두려워하는 벌을 받는 것일까.

손 검사는 내가 중2가 될 무렵까지 이어졌다. 내 키가 아버지와 비슷해지고 운동을 열심히 하기 시작하자 아버지의 이유 없는 괴롭힘은 거짓말처럼 멈추었다. 그런데도 그 후의 나는 조금만 긴장되는 상황이 오면 손에 땀이 철철 흘렀다. 확실히 비정상이었다.

의학 다큐멘터리에서 봤던 것인데, 식은땀이 나는 현상은 공포반응과 연관되어 있다고 한다. 성장기 때 지속적 자극으로 한번 연결되어 굳어진 신경 체계는 바뀌기 힘들다고 한다. 그리고 인간의 뇌는 생리적인 면에서 생각보다 상황 판단을 정확히 하지 못할 때가 있다고 한다. 일종의 오류인 것이다. 내 마음에서 일어나는 변화가 긍정적인지 부정적인지와는 상관없이, 내 뇌는 감정에 변회가 일어났다는 것 자체만으로 땀을 방출하라고 명령을 내린다. 기분이 좋을 때도 내 신경은 그것을 공포 상황이라고 혼동을 하는 것 같다.

사랑스러운 여인과 서로에 대한 마음을 확인하는 순간조차, 내 신경은 그것을 비상사태라고 판단하는 것 같았다. 나와 연인이었던 여성들은 관계가 깊어진 후에 다들 비슷한 말을 했다.

"내가 신호를 계속 보냈는데도 당신이 내게 전혀 터치하지 않아서, 나는 당신이 나한테 관심 없는 줄 알았다. 그래서 결국 내가 당신 손을 먼저 잡은 것 아니냐."

언젠가 한 여인이 내게 말했다.

"손 이리 내."

수십 년 전의 아버지와 똑같은 말을 하며 내게 손을 요구하는 그녀에게 나는 말했다.

"안 돼. 땀 났어. 더러워."

"괜찮아! 이리 내라고! 손!"

내가 할 수 없이 젖은 손을 건네면 그녀는 웃으며 내 손을 이리저리 만져댔다. 그러다 내 땀이 묻은 자신의 손을 입에 가져가서는 말했다.

"윽! 짜다. 손에서 나는 땀도 짜네? 원래 이런 건가?"

"당연하지. 땀인데. 이제 그만 놔. 그걸 왜 맛봐? 더럽게."

그 후에도 그녀는 내 손을 계속 잡아주었다. 사귄 지 오랜 시간이 지나 긴장감이 없어진 후에도, 내 뇌는 여전히 그것을 비상사태라고 판단했는지 손이 흥건히 젖고는 했다.

"손 좀 젖어 있으면 어때? 상관없어. 나만 만질 수 있으니 오히려 좋은걸? 호호호!"

아버지에 대한 내 트라우마와 오랜 콤플렉스를 보듬어 준 것만 같은 누군가와의 기억. 그 기억을 떠올리며 이 글을 쓰는 지금 나도 모르게 미소가 지어졌는데, 그 여인이 누구였는지 기억이 잘 안 난다. 나를 괴롭힌 게 누구인지, 어떤 식으로 괴롭혔는지는 세세히 기억하면서 날 보듬어 준 게 누구였는지는 기억이 잘 안 나는 것이다.

어쩌면 연인이었던 사람들 모두가 비슷한 말을 해줬기 때문에 기억이 뒤엉켜 혼동되는 것일지도 모르겠다. 어쨌건 따뜻한 말과 부드러운 손으로 누군가가 나를 보듬어 준 것은 사실이었고, 나는 그것을 기억한다. 어쨌든 나는 남의 손을 덥석 잡는 사람들이 부럽다. 앞으로도 그럴 것이다. 그래도 양손 모두 잘 달려 있고, 이 손으로 손기술을 이용해서 그동안 먹고 살아왔다. 하자는 좀 있지만 나는 내 손을 미워하지 않는다.

나는 지금 경치 좋고 한적한 카페에서 이 글을 쓰고 있다. 내가 앉은 2층의 큰 통유리 밖으로는 노을이 호수를 물들이는 풍경이 보인다. 푸른 나무들과 산이 장난감처럼 작게 보이는 집들과 어우러져 있다. 마음이 차분해지는 이런 풍경 앞에서 노트북 키보드를 누르는 지금 이 순간, 나는 왜인지 또 손에서 땀이 흐르고 있다.

손 검사는 내가 중2가 될 무렵까지 이어졌다.
내 키가 아버지와 비슷해지고 운동을
열심히 하기 시작하자 아버지의 이유 없는
괴롭힘은 거짓말처럼 멈추었다. 그런데도
그 후의 나는 조금만 긴장되는 상황이 오면
손에 땀이 철철 흘렀다.

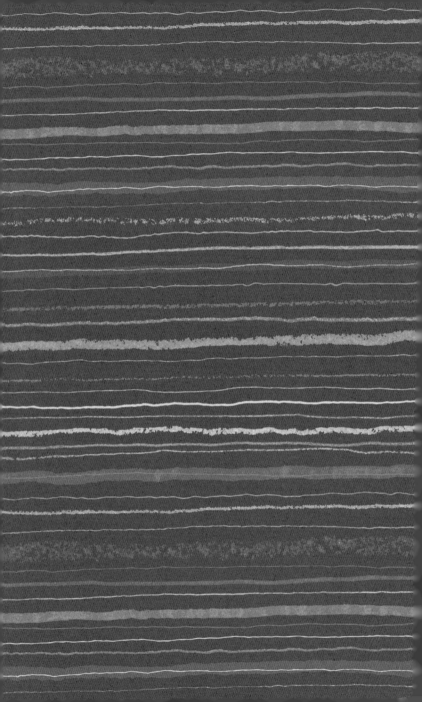

세계사 책
88쪽

이 시 원

글쓰기를 나침반 삼아
집으로 가는 길을 찾고 있는 항해자

그 사진은 고등학교 세계사 교과서에 실려 있었다. 손바닥 반만 한 크기의 인도 아잔타 석굴 벽화를 찍은 것이었다. 사진 속에는 한 손에 연꽃을 든 연화수보살이 고개를 모로 돌린 채 아래를 응시하고 있었다. 수업시간에 처음 만난 연화수보살은 몸의 선이 부드러워 남자인지 여자인지 헷갈렸다. 나는 고요한 그의 얼굴에서 눈을 떼지 못했다.

야간 자율학습이 있던 때였다. 아침에 도시락 2개를 들고 등교하면 밤 10시에 학교가 끝났다. 옆 반인 중국어과 아이들은 한자 3,600자를 외우느라 얼굴이 하얗게 질려갔다. 중국어 선생님은 아이들이 시험을 통과하지 못하면 기합을 주었다. 우리는 쉬는 시간이 되면 오리걸음으로 복도를 왕복하는 중국어과 아이들을 피해서 화장실을 갔다 왔다.

나의 담임 선생님은 첫인상부터 무서웠다. 우리 반은 일본어과라서 한자 1,800자를 외웠다.

선생님은 한 번에 900자씩, 두 번에 나누어 시험을 보았다. 한자 노트를 들고 교무실에 가면 선생님이 무작위로 공책을 펼치고 그중 한 개를 손가락으로 가리켰다. 우리는 그줄에 있는 한자 10개의 뜻과 음을 쭉 읊었다. 그렇게 5, 60개의 한자를 읽으면 통과였다. 3개 이상 틀리면 재시험을 보았다.

세계사 책에는 연화수보살 옆에 그의 부인으로 보이는 흑색 공주Black Princess가 그려져 있다고 쓰여 있었다. 신의 부인이라고? 게다가 이름이 흑색 공주라니.

'신'과 '연인'은 기독교가 익숙했던 나에게 새로운 조합이었다. 어쨌든 연화수보살은 부인이 있는, 확실한 남자였다. 그날 이후 세계사 책은 늘 책상 서랍에 있었다. 나는 사진을 아껴 보며 한눈에 반한 연화수보살의 이름을 입안에서 굴렸다.

1,800자 한자 외우기는 일정 기간 안에 1, 2차를 다 통과해야 하는 시험이었다. 나는 반에서 성적이 중간 정도였다. 학교 중앙복도 벽에는 우리가 '빌보드 차트'라고 부르는 것이 붙어 있었는데 선생님들은 시험이 끝나면 전교 100등까지 이름을 적었다.

내 친구들은 빌보드 차트에 이름이 올라가는 쪽과 나를 포함해서 그렇지 않은 쪽으로 갈렸다. 전자의 아이들은 한자 노트를 손에서 떼지 않고 외워 일찌감치 시험에 통과했다.

마감 기한이 다가오면서 나머지 친구들도 한 명, 두 명 시험을 통과하고 가뿐한 얼굴로 자리로 돌아왔다. 나는 2차 시험을 앞두고 어느 시점에서 도저히 못 하겠다는 무력감이 어떻게든 통과하겠다는 의지를 삼켜버렸다.

연화수보살이 있는 세상은 고요했다. 그의 모습을 보고 있는 시간만큼은 마음이 평화로웠다. 소리는 사라지고, 맡아본 적 없는 연꽃 향기만 은은하게 퍼졌다. 교실에 있다가 답답한 마음이 들면 세계사 책 88쪽을 펼쳤다.

나는 내가 연화수보살을 좋아하고 있다는 걸 아무한테도 말하지 않았다. 어떤 일들은 비밀일 때 의미가 빛나는데, 교과서 자료사진의 인물을 사랑하는 내 경우가 그랬다. 누군가 알게 된다면 내 마음이 우스워질 것 같았다.

결국 나는 한자를 다 외우지 못했다. 시험 마감 날, 몸과 마음이 너덜너덜해진 채로 선생님을 찾아갔다. 도저히 못 외우겠다고 겨우 말하자 꾹꾹 눌러왔던 불안이 눈물로 번졌다.

선생님은 혼을 내고 벌을 주어야 할지, 일단 달래야 할지 잠깐 고민한 듯했다. 선생님은 두 가지를 다했다.

"뭐가 문제인데? 응? 도대체 뭐가 문제야!"

목소리를 높인 선생님은 나를 데리고 운동장으로 나갔다. 그리고 새로 뽑은 지 얼마 안 된 선생님 차에 태워서 작은 운동장을 빙빙 돌면서 계속 소리쳤다.

"도대체 뭐가 문제냐고!"

운동장에서 농구를 하고 있던 아이들이 선생님과 내가 타고 있는 차를 쳐다봤다. 나는 눈물이 쏙 들어갔다.

연화수보살에 대한 나의 마음이 얼마나 갔는지 잘 기억이 나지 않는다. 비밀로 하며 소중히 여겼던 것이 무색하게도 반년을 넘기진 않았던 듯하다. 세계사 책을 펼쳐 보는 간격이 서서히 늘어났을 테고 자연스럽게 잊었을 것이다.

선생님의 차를 타고 빙빙 돌았던 고등학교 운동장. 선생님은 반 아이 중 유일하게 한자 시험을 통과하지 못한 나의 마음을 온 힘을 다해 헤아려주었다. 많이 혼났고 당황스럽기도 했지만, 못난 나 그대로 수용 받는 기분도 들었다. 세계사 책 사진에서 위로를 구하던 고등학생은 그날 현실의 선생님에게 진짜 위로를 받았다.

나는 내가 연화수보살을 좋아하고 있다는 걸

아무한테도 말하지 않았다. 어떤 일들은

비밀일 때 의미가 빛나는데, 교과서 자료 사진의

인물을 사랑하는 내 경우가 그랬다.

누군가 알게 된다면

내 마음이 우스워질 것 같았다.

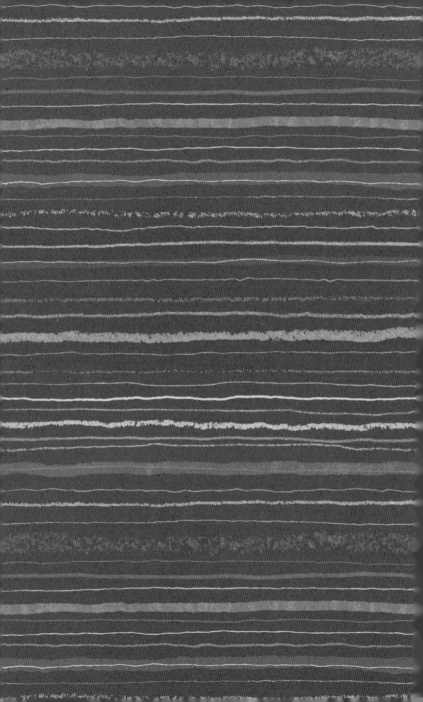

무기력

주 미 희

호기심을 채우기 위해
어디든 노크해 보는 사람

하루의 반나절을 소파와 한몸이 되어 잠으로 채우며 보냈더니 어느새 2023년의 절반이 사라졌다. 세상만사 모든 것이 다 귀찮은 것이 되어버렸다. 어쩌다 나는 이렇게 된 것일까.

반년 전부터 잠이 들었다가 깼다가, 잠을 자는 둥 마는 둥 밤마다 곤혹스러웠다. 일어나야 할 시간이 되면 겨우겨우 몸을 일으켰다. 남편과 아이의 아침 식사를 챙겨야 하기 때문이었다. 매일 아침 뜨끈하게 데워낸 밥과 국, 비록 어제 먹고 남은 것이라 해도 깔끔하게 접시에 담아 내놓은 반찬들, 영양제와 물까지. 든든하고 기분 좋게 먹을 수 있도록 아침 식사를 차렸었는데 그것도 달라져 버렸다.

　최대한 간편한 계란 프라이, 전자레인지로 돌려서 만든 계란찜, 볶음밥. 최대한 빠르고 간단하게 해치워버릴 수 있는 것들만 차려냈다. 정성도 맛도 사라져 버렸다. '어서어서 들 가라.' 주문처럼 속으로 외쳐댔다. 남편과 아이를 차례대로 출근, 등교를 시키고 나면 거실의 소파에 가서 털썩 앉았다가 점점 옆으로 쓰러지며 소파와 한몸이 되어버렸다. 휴대폰이 울리든 말든 찾지도 않은 채 말이다.

　누워서 일단 그날의 일정을 체크했다. 친정과 관련된 복잡하고 급한 일들이 없다면 양치질조차 하지 않았다. 바깥에 나가지 않으려고 애썼다. 강아지 산책도 남편이 돌아오는 밤까지 최대한 미뤘다. 밥도 커피도 싫었다. 그렇게 아이가 하교하는 오후 시간까지 아무것도 하지 않았다. 잠만 주구장창 잤다.

　그러다가도 어떤 날은 이러면 안 되지 싶어 일어나 소파에 똑바로 앉아 책을 펼쳤다. 페이지가 쉽게 넘어갈 리가 없다. 그렇게 읽다 만 책들도 정리하지 않고 구석에 쌓여갔다. 그러다 TV를 켜게 되었다. 리모컨이 손에 쥐어시니 흥미 있는 프로그램을 찾아 채널 버튼을 눌러댔다. 빠르게 넘

어가는 TV 화면을 쫓다가 지치면 넷플릭스를, 유튜브를 번
갈아가며 한번 봐볼까 선택하고 반복했다.

그러다 보면 어느새 잠이 들어 있었다. 잠에서 깨어 눈을
떴다 감았다 멍한 상태로 이게 뭔가 싶어 후회하고 스스로
를 한심해했다. 그런데 다음 날, 또 그다음 날에도 나는 다
시 책을 보다 티브이를 켜고 채널을 돌리다 잠이 들었다 깨
었다가 후회했다가 비난했다가 한심해했다가를 반복하고
있었다.

집안일들도 그랬다. 힘을 내고 정신을 차려야지 싶어 설
거지하려다가도 귀찮아져 거품만 잔뜩 낸 수세미와 그릇
들을 그대로 두고 고무장갑만 벗고 앞치마를 입은 채 소파
에 누워버렸다. 세탁기를 돌린답시고 빨래 바구니를 털어
색깔 분류며 옷감 분류를 하다 보면 남편 빨래, 내 빨래, 아
이 빨래가 뒤죽박죽되어 버렸다.

늘 해오던 일들이 마침표를 찍지 못하고 있었다. 끝까지
하지 못하고 뒤로 미뤄버리니 살림도 기분도 모조리 뒤엉
켜버렸다. 아이가 돌아오는 오후 4시 이후의 시간이 되면
허둥댔다. 계속해서 일도 기분도 엉망진창이 되는 하루하
루가 도돌이표와 같았다.

그래도 한 번씩 정신 바짝 차리는 날도 있긴 했다. 그런 날엔 며칠간 방치한 집을 조금 치우거나 최소한으로 해야 할 집안일들을 했다. 하루에 하나씩이라도 하자며 서랍장을 하나씩 정리했다. 수건을 삶고 헹구고 널었다. 물걸레 로봇청소기를 충전시켜 가동했다. '집콕'에서 벗어나야지 싶어 짧게라도 강아지를 산책시키거나 인터넷 장보기를 그만두고 집 근처 마트에 가서 장을 보고 가까운 카페에 가서 커피를 사 왔다.

그런 기운은 금방 소진되어 한나절을 버티지 못했다. 다시 소파에 늘어지는 나로 돌아와 버렸다. 도대체 무엇이 나를 이런 상태에 빠지게 했을까 생각하다가 그만두었다. 이게 바로 무기력이란 것인가 보다. 내가 허우적대는 것을 보니 꽤 강력한가 보다.

예전에도 이런 상태에 빠졌던 때가 있었다. 하루이틀이면 원래의 나로 돌아오곤 했었다. 이번엔 긴 터널 속에서 헤매고 있는 것 같았다. 움직이면 움직일수록 더욱 깊게 빨려 들어가는 늪 속에 빠진 것 같았다.

몸이, 마음이 힘들어도 그럭저럭 버텼넌 나였다. 그런데 이번엔 극복이란 것을 어떻게 하는지 도무지 생각이 나질 않는다. 이번엔 정말로 내 인생이 이대로 쭉 가라앉을 것만 같다.

누군가 제발 도와줬으면 좋겠는데, 또 한편으론 제발 날 좀 가만히 놔뒀으면 좋겠다는 변덕도 들었다. 가만히 떠올려보면 예전에 이런 상태에서 글을 쓰면 나아졌던 것 같긴 한데 이번엔 뭘 써야 할지도 모르겠다. 아니 사실은 '무엇을 쓸지'도 중요하지만 한동안 글을 너무 안 썼더니 글 쓰는 법을 잊은 것 같다. '어떡하지. 어떡하지.' 그저 생각과 고민에만 빠질 뿐이었다.

"띠띠띠띠 따라라. 다녀왔습니다!"

오후 4시, 아이가 돌아왔다. 누운 채로 혹은 몸을 반만 일으켜 아이를 맞이했다. 이제부턴 진짜 움직여야 한다. 움직이기 싫어도 말이다. 아이의 학습 스케줄을 챙기고 집안 살림들을 후다닥 챙긴다.

혹시나 하는 마음에 남편에게 메시지를 보내본다. '오늘 빨리 오나?' 제발 저녁 약속이 있다고 왔으면……. 답변이 온다. '최대한 빨리 끝내고 집으로 갈게.' 메시지를 보낸 이의 의도를 모르는 눈치 없는 남편은 오늘도 변함없이 집에서 저녁 식사를 할 것이다.

저녁 식사로 뭘 준비해야 빨리 끝낼 수 있을까. 배달 앱을 켰다가 닫았다. 그냥 있는 재료들로 빠르고 간단하게 대충 준비하는 것이 더 경제적이고 빠를 것이다. 냉장고를 향한다. 7시가 넘은 시간, 아직도 밖은 훤하다. 이렇게 긴 낮처럼 나의 무기력도 길어질 것 같은 예감은 어쩔까.

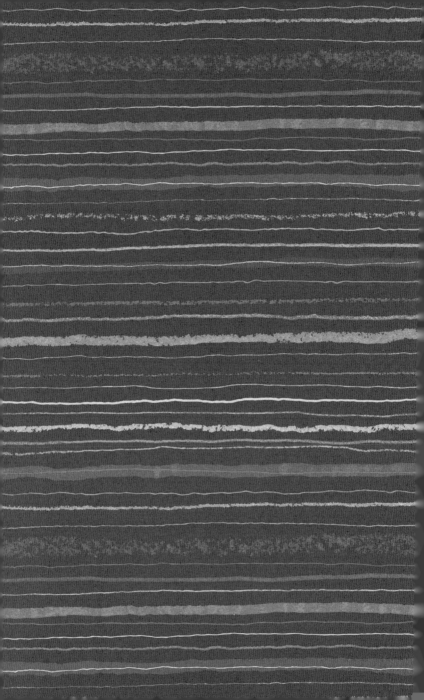

상담 소동

최 유 빈

아이들과 같이 성장통을 겪고 있는
글쓰는 엄마

퇴근했다. 현관문을 열고 들어가는데, 둘째 B가 소파에 깊이 앉아 나를 기다리고 있었다는 듯 빤히 쳐다봤다. 중학교에 들어간 후 나에게 3초 이상 시선을 주지 않는데, 나와 눈을 마주치고도 얼굴을 돌리지 않고 보고 있었다. 아이와 거리가 좁혀질수록 내가 뭘 잊었는지, 잘못했는지, 왜 저런 얼굴로 나를 보고 있는지 머릿속이 어지러웠다. 아닌데, 나는 아무것도 잘못한 것 같지 않은데……. 발바닥까지 땀이 나 바닥에 발자국이 찍히는 것 같았다.

아이 옆 테이블로 가지 못하고 싱크대 위에 가방을 놓았다. 아이의 시선이 따라왔다. 아이는 얼마 전 학교에서 한 정서검사 결과가 안 좋아 위클래스 선생님과 상담했고 선생님이 나에게 연락하겠다 했다 말했다. 뭐라고? 머릿속이 웅웅거렸다. 위클래스는 전문 상담 선생님이 상주하면서 학교생활에 문제가 있다고 생각되는 아이들을 상담하는 곳이다. 진짜인지 알 수 없어 B 눈을 봤다. 눈빛이 낯설었다.

아이들에 대해 걱정 있냐고 누가 물으면 항상 쌍둥이 중 언니인 A가 생각났다. A는 생각이 많고 표현을 많이 하지 않아 속을 알기 어려웠다. 하지만 동생인 B는 걱정이라는 단어와 어울리지 않았다. 밝고, 솔직한 아이였다.

집으로 친구들을 불러 파자마 파티를 해도 자기가 책이 보고 싶으면 책을 봤다. 등교할 때 머리 위에 머리만 한 꽃을 얹고 간다거나, 쫄쫄이 꽃무늬 레깅스를 입고 가기도 했다. 흥이 나면 교실이든 집이든, 심지어 길에서조차 춤을 췄다. 눈썰매를 타도, 물총 놀이를 해도 B가 끼면 판이 커지고 시끄러웠다. 계주도 대표, 피구도 대표였다. 주변에 친구들도 많았다. 엄마들이 당신 아이가 B랑 놀고 싶어 한다며 먼지 전화했다. 집에서노 B 덕분에 자주 웃었다.

그런데 B가 상담받아야 한다고?

손 거스러미같이 한동안 까실대던 B의 모습들이 떠올랐다. 아이는 '금쪽같은 내 새끼'라는 프로그램에 나오는 아이들 대부분 부모가 잘못한 거라고, 엄마 아빠도 오은영 선생님한테 배웠으면 좋겠다며 두어 번 말했었다. 그땐 웃으며 우린 심한 것도 아니라고 흘렸다.

내 모임을 몇 번 따라와 엄마한테 많이 맞았다며 나무막대기가 부러진 적도 있다고 말해 당황한 적도 있었다. 언제 마지막으로 맞았는지 기억은 하느냐고, 그렇게 말하면 사람들이 아직도 맞는 줄 안다고 웃어넘겼다. 그러다 엄마들 모임에서 그런 말을 또 했을 때는 때려서 부러진 게 아니라 던져서 부러진 거였다고, 나를 창피 주려고 일부러 그러냐고 화를 냈었다.

지난 겨울방학 때 B는 저녁 9시에 자서 새벽 5시에 일어나기로 나와 약속했다. B는 친구들이 미쳤다 했다며 학원 선생님도 자기에게 괜찮냐 물어봤다고 했다. 그러나 B는 힘들게 깨워놓으면 일어나서 어디론가 사라져 버렸다. 어르고 달래도 안 돼 맘대로 자고 일어나라 했더니 새벽에 자고 아침 늦게 일어났다.

내 말이 마음에 안 들면 눈싸움하듯 나를 빤히 보며 한숨

짓고, 불러도 대답하지 않거나 마지 못해 짜증 섞인 목소리로 대답했다. 쓰레기통 같은 방과 거울 앞 늘어놓은 싸구려 화장품들, 처박힌 옷가지들……

요즘 같이 등교하는 친구가 6학년 때 가정폭력으로 아빠를 경찰서에 신고한 적 있는 친구라 했는데, 새로 사귄 친구가 손목에 자해 흔적이 있다 했었는데. 갑자기 B가 했던 말이 떠오르자 그런 친구들과 작당해 부모를 혼내 주자 싶었나 생각이 들었다. 그래서 심리상담 선생에게 일부러 문제가 있는 것처럼 말을 한 것이 아닐까. 목덜미에 번개가 쳤다.

다음 날 아침에 일어나자 화, 답답, 당황, 서운, 창피 등등의 여러 감정이 한데 뒤섞여 머릿속이 무거웠다. 나는 유아교육을 전공한 동네 언니에게 전화했다.

"B가 어떻게 이럴 수 있지? 내가 알던 애가 아닌 거 같아. 쎈 친구들 만나더니 용기백배해서 제 부모 혼 좀 나 봐라 그런 거 아닐까? 거짓말로 정서검사한 거 같아. 요즘은 내가 얼마나 B 눈치 보고 사는지 알아? 진짜 미친 사춘기 같이……."

눈물, 콧물 닦아가며 정신없이 말했다.

"거짓말이면 어디 한번 엄마 아빠 이겨보자 이건데, 배짱 있고 멋지지 않아? 그런 거라면 정말 보통 애가 아닌 거지. 진짜 힘들어서 그런 거라면 상담하면 되고. 말한 것만으로도 용기 있잖아. 나는 B가 남다른 애라고 생각해. 어릴 때부터 그랬잖아. 역시 B답다."

언니의 말은 짧았지만 긴 울림이 있었다. 비로소 허리가 좀 펴지면서 진흙탕에 빠진 내 발이 마른 땅을 딛고 선 느낌이었다.

그날 밤, B가 내 옆에서 자겠다며 들어와 누워서 말했다. 정서검사를 하면서 자살 시도를 한 적이 있다고 표시했었다고. 4학년 때 엄마 아빠가 자꾸 싸우고 아빠가 무서워 죽고 싶다는 생각을 했었는데, 자기 전 베개에 얼굴을 묻고 이대로면 숨 막혀 죽을 수도 있겠다 생각했다고. 깜깜한 방에서 아이는 제 속을 다 내보이고 있었다.

나는 아이에게 나도 중학교 때 엄마 때문에 힘들어서 자살을 생각한 적이 있었다고 말했다. 어느 소설 속 백합 향으로 가득한 방에서 자살했다는 글을 읽고 그런 아프지 않은 자살을 꿈꿨었다고. 하지만 돈이 없어 포기했다고. 아이와 나는 같이 웃었다.

이틀 후, 수지구 복지의 집 상담실에서 전화가 왔다. 아이 상담은 10회, 부모 상담은 5회. 아빠와 엄마가 각각 따로 오라 했다.

첫날, 나와 아이는 각각 한 시간씩 상담했다. 상담이 끝난 후 상담 교사는 다음 주엔 아이만 오라 했다. 두 번째 상담 후 상담 교사는 내게 전화했다.

"생각보다 심각하지 않은 것 같아서 이만 종료하려고 해요. 부모님이 노력하고 있다는 걸 아이가 알고 있을 정도로 변하고 계시니 상담을 계속하지 않아도 될 것 같아요. 학교로 마친다는 공문 보내겠습니다."

가슴에 바람이 불었다.

그 밤, 잡고 있었던 아이 손의 따뜻한 온기가 내 손에 느껴졌다.

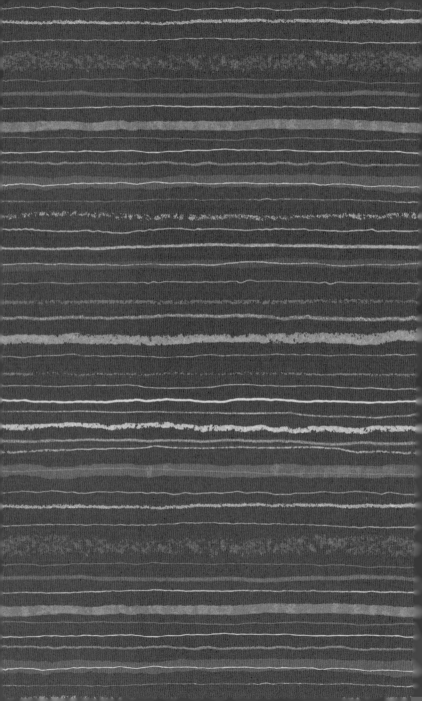

글로만 쓰던
사랑해

최 은 주

온전히 쓰는 사람이길 꿈꾸는 기록자

"엄마한테 사랑해, 미안해란 말을 들어본 적이 없는데 내가 어떻게 할 수 있어!"

큰딸이 소리쳤다. 딸의 모습에 가슴은 불규칙하게 뛰었고 머릿속이 하얘졌다. 무슨 말인가를 해야겠는데 입술은 바짝 말랐다. 마른 아랫입술을 윗니로 자근댈 뿐이었다. 내가 그랬었나? 말로 표현한 적이 없었나? 감정을 말로 꺼내놓는 것에 익숙지 않긴 했다. 예쁘다, 사랑한다, 고맙다는 말들을 하긴 했었던 듯한데 주로 글이었다. 그러다 나도 소리쳤다.

"편지 많이 썼잖아!"

그러자 딸은 또 소리쳤다.

"그래, 편지로는 많이 썼지. 그런데 난 귀로 들어본 기억이 별로 없어!"

큰딸은 감정 표현하는 법을 배우고 본 적이 없다고 했다. 그래서 모르겠는데 어떻게 뭘 하라는 거냐며 발을 동동 구르더니 방으로 들어갔다. 엉엉 우는 소리가 밖으로 흘러나왔다. 그걸 보니 미안한데 또 그 말을 못 했다.

어버이날 카네이션이 문제였다. 서울에서 대학교에 다니고 있는 딸들은 어버이날을 챙기기 위해 내려왔다. 주말에 친정 행사에 참석도 했다. 외할머니한테 인사도 하고, 건강하시라며 이야기 벗도 해드렸다. 그때까지는 참 대견하고 자랑스러운 딸들이었다. 그런 큰딸이 당연히 동생들과 함께 우리를 위한 카네이션 정도는 챙겨줄 거로 생각했다.

어버이날인 다음 날 퇴근하고 와서 거실, 부엌을 돌아 안방, 아이들 방까지 돌다가 혹시 하고 욕실 문까지 열어보고 베란다도 나가봤다. 빨간 카네이션을 찾기 위해서 집을 구석구석 뒤졌다. 혹시나 아이들이 숨바꼭질하듯 장난치는 건가 했다.

그런데 정말 없었다. 여러 감정이 오갔다. 서운했다가, 억울했다가, 그까짓 꽃에 이러고 있나 싶어서 치사한 마음이 들기도 했다. 헛헛한 마음 한쪽으로 짜증이 올라왔다. 난 가족 단톡방에 문자를 남겼다.

'엄마, 아빠가 너희에게 카네이션 한 송이 받을 정도도 안 되는 거니?'

다음날 카네이션 꽃바구니가 배송되었다. 작은딸과 막내아들은 챙기지 못해서 미안하다는 편지를 함께 썼다. 이 정도로 마무리가 되었으면 좋았겠지만 난 큰딸이 괘씸했다. 편지는커녕 전화도, 문자도 없는 녀석에 카네이션 꽃바구니가 눈에 들어오지 않았다. 그리고 돌아온 주말에 큰딸이 왔고 그 사달이 났다.

감정표현하는 법을 나는 배웠을까? 좋은 걸 좋다고, 예쁜 걸 예쁘다고, 화가 난다고, 고맙다고, 미안하다고 하는 말들을 입에 꺼내는 건 왠지 낯부끄럽고 어려웠다. 이런 걸 말한다고 들어줄 사람이 없었다. 살면서 말을 아껴야 하는 상황이 많았다.

엄마, 아빠의 거친 말들을 들으며 자란 나는 그 말투, 높은 목소리, 쏟아지는 저급한 단어들이 싫었다. 그것들이 나도 모르게 튀어나올까 봐 겁이 났고, 그런 것들로 가난이 티 날까 봐 겁이 났다. 말하는 것이 무서웠다. 좋다, 싫다는 표현을 할 여유 없이 주는 대로 먹고, 입고, 가져야 했고 시키는 대로 해야 할 걸 하면서 자랐다.

당연히 매일 다툼인 부모님들에게 사랑해, 미안해, 고마워란 말을 들어본 적이 없다. 이유 없이 화내고, 혼내며 집안을 뒤집는 엄마에게 나 또한 그런 말을 해본 적이 없었다. 그런 말이 나오지 않았다.

그런데 신기하게 편지로는 써졌다. 그런 화풀이 이유가 마음이 힘들고, 몸이 힘들어서란 걸 안다며, 그럼에도 우리를 위해 애써주셔서 감사하다는 편지를 썼었다. 동생들에게는 내가 힘이 없어서 너희들을 보호해주지 못해서 미안하다는 쪽지를 남기곤 했었다.

친구들에게도 그랬다. 말보다 글이 편했고, 좀 친한 친구들에게 편지를 많이 썼었다. 일상의 힘이 되어주어서 고마운 마음을 말로는 못하고 늘 편지 안에 담았다. 그래서일까? 관계가 넓지 않았다. 많은 사람 사이에서의 대화보다 몇 사람과의 편지 대화가 편했다. 글로는 어떤 표현도 자유

자재로 쓰였지만 말로는 어색했고 어려웠다. 지금의 글 쓰는 습관은 일기와 더불어 이런 편지가 한몫했을 것이다.

남편과 연애를 하고 결혼을 하면서도 닭살 돋는 사랑표현을 직접 해본 적이 별로 없다. 연애편지는 책 두 권 분량을 쓰면서 참 많은 사랑 고백을 했던 것 같은데 입으로는 자존심과 어색한 마음의 중간에서 입에 담기를 꺼렸다. 이런 습관이 아이들에게도 이어졌었나 보다. 아이들이 어릴 때부터 쪽지에 사랑해, 라고 써서 가방에, 필통에 넣었다.

큰딸은 말로 표현하지 못하는 그런 나를 꼭 빼닮았다. 다음날 일어나보니 식탁 위에 큰딸의 편지가 놓여 있었다.

'엄마, 죄송해요. 사랑해요. 건강이 많이 걱정되니 일을 좀 줄이세요.'

난 헛기침을 하며 자는 녀석의 어깨를 쿡쿡 눌렀다. 녀석이 눈을 뜨고 뭔 일인지 물었다.

"흠흠. 나도 미안해. 편지 고마워."

녀석의 어깨를 잡아 누르는 건지 쓰다듬는 건지 모르게 툭툭 쳐주고 나왔다. 갇혀 있던 감정을 글로나마 표현해서 다행이라고 생각했었다. 아이들이 말로 표현해주는 것에 고팠을 것이라고는 생각을 못했다. 글이 말보다 깊다는 생각의 편견도 한몫했을 것이다.

열세 살 아들이 등교하러 나간다. 난 현관까지 따라 나갔다. 사랑한단 말을 해줘야 하는데 이게 뭐라고 참 어색하다. 아들이 뭐 빠진 거 있는지 묻는다. 난 랩을 하듯 빠르게 말을 했다.

"아들, 카네이션이랑 편지 고마워. 사랑해."

아무래도 나는 말하기보다 쓰기가 편하다.

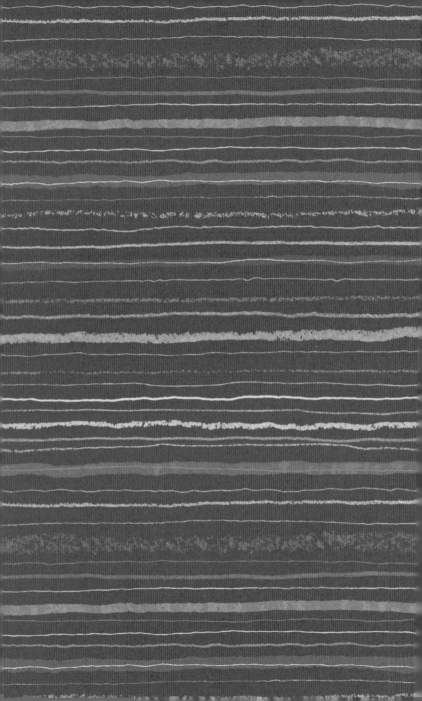

능력치가 1
상승되었습니다

홍 지 원

일상의 반짝이는 순간을 글에 담고 싶은
경력 부유 엄마

내 핸드폰 바탕화면은 4년 전에 지리산 종주 중에 찍은 가족사진이다. 사진 속에서 남편은 등산 캐리어에 이제 막 세 돌이 지난 딸을 업고 있다. 나는 노란 바람막이 잠바를 입고 그 옆에서 만족스러운 표정을 짓고 있다. 내 옆에 선 아들도 모자를 거꾸로 눌러쓰고 활짝 웃고 있다. 남편을 조르고 졸라 갔던 지리산 종주길이었다. 첫째 아들이 10살, 초등학교 3학년 때였다.

아들은 한 반에 열두 명이 있는 작은 학교에 다녔다. 이 학교는 한 학기가 끝날 때마다 담임 선생님과 학부모 상담이 있어서 아이의 학교생활에 대해 자세히 들을 수 있었다.

1학년 때 선생님은 아들이 친구들과 부딪힐 때 욱하는 모습이 있다고 했다. 처음 듣는 아이 모습이었다.

아들은 학교 갔다 돌아오면 자기 의자에 몸을 묻고 앉아 책을 읽었다. 어린 동생도 봐야 하는데 큰아이에게 책 읽는 습관을 들여 다행이라고 생각했다. 집에서 아이가 흥분할 일은 없었다. 아이의 행동은 예측 가능했고 나는 아이에게 필요한 것을 대부분 미리 준비할 수 있었다.

아들은 차를 오래 타는 걸 힘들어했다. 그런 아들과 이동할 일이 생기면 준비할 짐이 가득이었다. 지루해할 때 먹일 간식도 종류별로 요플레, 젤리, 어린이 주스, 막대사탕과 마이쮸를 챙겼다. 어릴 땐 누르면 소리 나는 책도 챙기고, 그래도 안 통할 때 쓰려고 손가락에 낄 헝겊 인형도 준비했다. 아이가 낑낑대기 전에 바깥 풍경과 목적지를 엮어 무슨 얘기든 이어 아이에게 들려주었다. 아이가 욱한다는 이야기를 들으면서 선생님이 아이를 잘 보지 못하시는구나 생각했다. 해가 바뀌고 아들의 담임 선생님도 바뀌었다. 그런데 학기 말 상담 때 비슷한 얘기를 했다.

큰아이가 태어나사 집에 티브이를 없앴나. 그러나가 동생이 태어나면서 큰아이가 아빠의 핸드폰을 보기 시작했다. 아이는 아빠의 핸드폰으로 드래곤 플라이트라는 게임을 했다. 게임이 시작될 때 금빛 갑옷을 입고 말을 타고 있는 여자의 가슴이 도드라져 보였다. 거슬렸다.

어린 둘째를 보느라 정신이 없다가 고개를 들면 핸드폰 게임을 하는 아이의 모습이 들어왔다. 언제부터 하고 있는지 몰랐지만 늘 너무 오래 하고 있어 보였다. 남편이 왜 아이에게 자꾸 핸드폰을 주는지 궁금하지 않았다. 아이에게 핸드폰을 주지 않았으면 좋겠다고만 반복했다.

둘째를 종일 따라다니다 저녁에 네 식구가 모이면 핸드폰 보고 있는 큰아이를 따라다녔다. 한참 손가락으로 드래곤을 끌고 다니며 적들을 물리치고 있는 아들에게 이제 그만하라고 했다. 내 입장에서는 참을 만큼 참았다 한 말이었다.

온갖 장애물을 넘고 넘어 드디어 괴물과 마주해 팡팡팡 열심히 두드리며 다음 판으로 가느냐 마느냐를 결정할 결투 중이었던 아들은 그만하라는 내 말에 나를 노려봤다. 그러더니 핸드폰을 보며 "에이씨!" 했다. 저 모습이 욱, 한다는 거구나. 그 순간 상담 때 들었던 선생님이 말이 이해되었다. 그리고 처음 보는 아들 모습에 앞으로 더 크게 반항

할 모습이 그려졌다.

아이들을 데리고 산으로 가기로 했다. 열 살 아들과 네 살 딸을 데리고 지리산 종주를 하자는 내 말에 남편은 죽고 싶어 환장했구나, 라고 말했다. 산이 얼마나 위험한지 몰라서 하는 말이라며 혀를 찼다. 작은 아이는 이제 막 10kg을 넘어가고 있었다. 지금 업고 가지 않으면 몇 년을 기다려야 할지 몰랐다. 둘째 아이가 혼자 걸어갈 때까지 기다린다 해도 큰아이처럼 "에이씨" 하며 안 간다고 하면 데려갈 방법이 없을 것이었다.

지금이었다. 마지막 기회였다. 둘째를 업고 갈 등산 캐리어를 샀다. 남편은 둘째를 업어야 하니 큰아이와 내가 이틀간 종주에 필요한 음식, 옷, 간식과 물을 나눠 짊어졌다.

언젠가 새벽에 올라 노고단에서 보았던 빛나던 별을 아이들에게 보여주고 싶다고 했지만 큰아이가 에이씨, 했던 그 순간 나는 길을 잃었던 것 같다. 집에서 아이에게 좌절을 겪지 않아 밖에서 좌절하는 상황에 취약하다는 말이 그렇게 억울할 수 없었다.

둘째 어린이집을 등록하고 11년 만에 무슨 일을 할까 한 걸음 내딛으려는데 남편이 박사과정을 가겠다고 했다. 이제 내 차례인데. 남편도 몇 년을 망설이다 포기했던 건지 알기에 안 된다는 말을 못 했다. 나는 무슨 일을 할지도 막막한데 남편은 서류만 내면 된다고 했다.

육아 10년 끝이 사춘기 아들의 눈빛과 어린이집을 가야 하는 아직 어린 둘째, 거기에 남편의 박사과정 추가라니! 남편에겐 알았다고 했지만 내가 있는 자리가 싫증 나 멀미가 났다.

20년 만에 지리산에 온 남편은 연신 길이 이렇게 좋아졌느냐며 감탄했다. 성삼재에서 노고단까지 올라가는 길은 아스팔트 길이 곱게 깔려 있고 길가에는 쉬어갈 의자와 평상이 힘들 만하면 나타났다. 성삼재에 주차해 놓은 차를 산에서 내려가는 곳에 가져다주는 서비스도 생겼다. 전화로 예약할 수 있었다. 그게 아니더라도 하산지에 도착해 카카오택시를 불러 주차장까지 돌아오면 되었다.

산에서 만나는 어른들은 하나같이 아이들을 환대했다. 큰아이는 이틀 내내 대단하다는 칭찬과 격려를 끊임없이 받으며 걸었다. 새벽에 연하천 대피소에서 작은 아이와 화장실에 다녀오는데 사진을 찍어주겠다며 핸드폰을 달라는 분도 있었다. 그 속에서 나는 아이에게 좌절을 주지 않은 문제 있는 엄마가 아니라 어린아이들과 산에 온 대단한 엄마가 되어 있었다.

대피소에서 아침을 해 먹고 있는데 먼저 출발하는 자그마한 체구의 중년 여성 한 분이 마지막까지 아껴놓은 듯한 간식을 꺼내 둘째 아이 손에 쥐여 주었다. 깡충깡충 뛰어다니는 둘째를 보며 등산객들은 얘가 어떻게 여기를 왔냐며 신기해했다.

산길을 걸으며 머릿속에서 시작된 사춘기 괴물과의 전투는 승리로 끝나고 다음 판으로 넘어가고 있었다. 빵빵한 가슴은 없어도 빛나는 갑옷을 입고 말을 탄 여전사가 지리산 종주길에서 괴물을 물리치고 다음 레벨로 넘어가고 있었다.

쓰는 사람으로 살고 싶어서

펴 낸 날 2023년 9월 16일
지 은 이 강인성, 구선, 김선희, 김태곤, 박미선,
　　　　　박미정, 오정민, 유선, 윤을순, 이상록,
　　　　　이시원, 주미희, 최유빈, 최은주, 홍지원

펴 낸 곳 생각을담는집
펴 낸 이 임후남
편　　집 이선일
디 자 인 niceage 강상희
제 작 처 올인피앤비

전　　화 070-8274-8587
팩　　스 031-321-8587
전자우편 seangak@naver.com
블 로 그 https://blog.naver.com/seangak

ISBN 978-89-94981-94-9 03810

*이 도서는 경기콘텐츠진흥원 2023년 경기도 지역서점 문화활동 지원사업으로 제작됐습니다.